U0036201

GAEA

Gaea

大哥大

CITY FEAR 2 都市恐怖病

九把刀 著
Giddens
Sally 內頁插畫
Blaze 封面插畫

CITYFEAR 2 都市恐怖病

大哥大

目錄

影子

01

你怕黑嗎？

不，應該這樣問：「有人不怕黑嗎？」

也許每個人都怕黑，只是程度上有所不同，但奇怪的是，爲什麼我們要怕黑？

是因爲黑暗遮掩了我們的知覺，使我們無所窺視藏在黑暗深處的祕密？

當臥室熄滅最後一盞小燈，誰也不知道梳妝台旁的黑暗坐臥著什麼。

坐臥著什麼？

垂著長髮的吊眼女鬼？

戴著萬聖節鬼面的持刀變態？

會動的紙娃娃？

有人篤定地說：「當黑暗裡的祕密揭開前，那種窒鬱的恐怖感、那種畏懼未知的緊張，遠勝過黑暗裡深藏的眞正危險。」

所以黑暗代表邪惡，一種比黑暗裡的眞正危險，還要更加危險十倍、百倍的邪惡。

只因爲它是黑暗。

我們無法認同。

黑暗令我們看不見危險，所以我們才能竭力冷靜。

要是黑暗中的一點燭花讓你照見可怕的魔物，你還能處變不驚、自欺欺人嗎？

所以，我們寧願一直待在黑暗裡，一直被黑暗蒙蔽，也不願觸碰黑暗裡的危險。

在黑暗中，誰也看不見誰，我看不見危險，危險也看不到我。

黑暗輕易摘除了我們眞正的恐懼，同父親般保護著我們。

希望你看了這份黑暗新啓示後，對黑暗有了新的認識，從此不再畏懼入夜的角落。

如果你對黑暗還有任何疑問或興趣，歡迎與我們【闇啓教】聯絡：02-267689765。

或親赴【闇啓教】教會集會所：台北市西世集路2段33巷25弄67號。

我們竭誠歡迎你們對黑暗的探索。

闇啓教教會

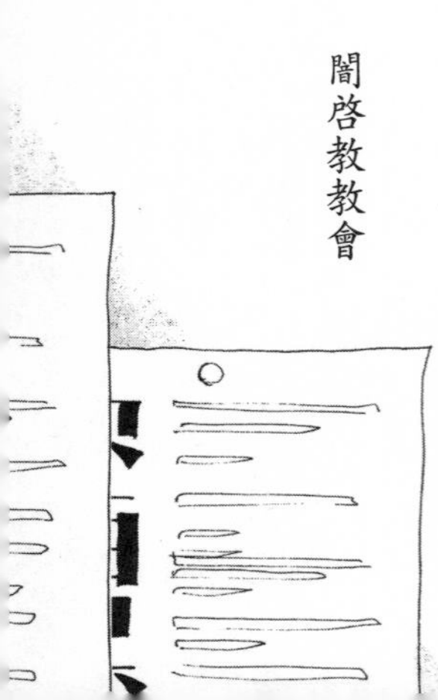

你怕黑
你怕黑
怕黑
你怕黑嗎？
黑嗎？
你怕黑嗎？

「邪教！二十一世紀眞是太墮落了，這種蠱惑人心的傳單竟然發到學校來了。」

一個身材高瘦的中年男子將宿舍佈告欄上的傳單撕下後，竟又看見交誼廳的椅子上也散落著好幾張同樣的傳單，不禁怒火中燒。

男子四顧尋找著張貼、散發傳單的人影。

可惜，除了翻閱報紙的男同學外，什麼人也沒有。

「黑暗這種邪惡的東西也能搞崇拜？這個世界病得太嚴重了，正道不存，妖魔鬼怪竟爬到求學的聖堂來，好好好，要是讓我抓到是誰在幫邪教發這種傳單，我一定要他退宿，不，退學……」

中年男子喃喃自語地咒罵著，將椅子上的傳單全都撕成碎片，拿在手上。

他心想：「要是這種鼓勵沉淪的垃圾被學生從廢紙箱裡給翻出來讀，這個學堂墮落的程度又會增加不少，還是用火燒了吧，嗯，這火一定要祝福過才能將罪惡燒盡，唉，都多虧我細心，要不然惡魔的野心就要延燒到學生群裡……」

男子嘴裡碎碎唸著，在交誼廳中繼續研究其他張貼在佈告欄的海報。

此時正值新學期開始不久，牆上大部分都是各大社團的招生宣傳。

那男子專注看著，拿起手中的小紙本抄抄寫寫，臉色不悅，不曉得在寫些什麼。

「廖該邊老伯，樓上又缺水了。」

一個穿著拉風、邊走路邊講手機的瘦瘦男孩，從走廊的另一頭大叫，叫得在交誼廳看報紙的學生，全都忍著滿肚子的笑氣猛瞧著這中年男子。

該邊，就是閩南語裡「鼠蹊部」的意思，而這兩個字當然就是那男孩拿來叫這中年男子的，如此不雅的稱呼叫得震天價響，中年男子窘得差點咬出血來。

「莫名其妙！」男子心怒道。

就因爲這中年男子的姓，「廖」，音同閩南語中的「抓癢」，於是他就被取名作「廖該邊」這樣沒有格調的綽號。

說起來也冤，地球上姓廖的人上千上萬，這男子何其無辜擔當這個超爛的名號，他心裡的怒氣其實並不稀奇。

但是剛剛的大叫裡，不只有該邊，還有「老伯」兩個字。

這高瘦的中年男子年紀至多不過三十五歲，卻被冠以老伯的尊稱，奇哉怪也。

男子的心裡被一股忿忿不平之氣淹沒。

爲了方便記憶，我們就叫這個男子「廖該邊」吧，反正他的眞名從來也沒有人在乎，就是知道了他的名字，也沒有人會費心記住。

此時廖該邊心中的忿忿，除了來自不雅的稱號，更多其實是來自老伯兩字。

廖該邊只有高職畢業，學的是水電，但因脾氣古怪又受限於學歷，他的求職歷程委實坎坷，只在幾家小工廠工作過，但最後都不滿工廠裡種種的「沉淪」現象，他除了不停地向上司建言與向同事佈道外，只有一再地求去。

直到親友運用關係幫他找到這份台灣師大舍監的美差，廖該邊的工作才穩定下來。

不過，美差？

這只是一般人對無所事事的舍監的印象。

對廖該邊來說，這份工作是很神聖的。

在培養國家爲人師表的殿堂裡，他有責任將宿舍各方面都管理好，使這群準老師在他的協助下，能夠成爲愛清潔、守秩序、崇尙光明正義的好人，所以廖該邊將他「求眞求美」的管理風格強加在這群與一般荒唐大學生無異的師大男孩身上，自然引起相當的不滿。

而他的年齡，就正好變成學生取笑的理由。

——通常舍監都是由退休的老兵，或閒閒的老人才會當的。

「這麼年輕就當舍監？那一定是個無三小路用的男人。」每個住宿生都這麼想。該邊當然也知道這群學生的想法，因爲有越來越多人叫他「老伯」了。

而這種令他氣結的叫法，正是剛剛那個大叫的學生帶領出來的風潮。

他知道那個學生，而且印象非常深刻。

那學生總是跟一群狐群狗黨，也就是他的室友，整天廝混在一起，還成立了一個叫「吉六會」〔註〕的邪教組織。

這群混蛋每天在三樓的寢室裡彈吉他，大唱什麼「英勇的吉六會」會歌，歌詞猥褻已極，哼哼唱唱吵個不停，等他上門糾正後，一下樓，沒多久他們就又開始鬼叫。最恨的是，吉六會裡每個人總是喜歡當眾糗他「該邊老伯」，人越多他們就喊得越大聲，顯然是故意的。但終於如其所願，帶起了一股亂叫他名字的歪風。

不只如此，廖該邊最近還從一些學生的高聲交談中，知道那學生叫「柚子」，他還聽到一些令他震怒的八卦……聽說「柚子」常常利用網路勾引良家婦女進行下三濫的一夜情！

廖該邊在深夜裡常常為這件事氣得睡不著覺，他想：

「宿舍裡的網際網路又叫學術網路，一定是政府為了促進教學資源的交流才會免費給這些準老師使用，而現在……現在竟然有人利用這麼神聖的公器去滿足淫慾，還那麼公開地炫耀他的性經驗，眞是侮辱求學的聖堂，這個學生根本就不配當老師，還整天奚落我，這麼荒謬的墮落竟發生在我辛苦管理的宿舍，這社會的黑暗眞是無孔不入……總有一天我要揪出他的把柄，把他攆出我的宿舍！」

廖該邊不知道他對柚子的網路一夜情，其實是抱著很複雜的心態去看待的。

他今年已經三十四歲了，仍沒有性經驗。

什麼性經驗都沒有。

就連手也沒有。

他相信現在社會充滿外表賢淑、內心卻十足淫蕩的女人，在他還沒找到跟他人格匹配的聖潔處女前，他絕不做不純潔的婚前性行爲。

就連自慰也沒嘗試過。

因爲上帝賜予人類一雙靈巧的手，是要人類想辦法用雙手做出一些彰顯上帝偉大的事蹟，並非要人類在棉被裡提煉珍貴的精液用的。

廖該邊相信自己不是在嫉妒柚子，他的怒火完全是來自柚子對網路與師大的踐踏，如此不貞的罪人竟在自己的轄區內橫行無阻，自己卻只能乾瞪著他。

「主啊，請讓他下地獄吧，千萬不要客氣啊……」

他心裡默默禱告著，不，詛咒著。

註：吉六會的故事請見都市恐怖病《冰箱》所收錄的〈陰莖〉。

02

廖該邊回到自己的管理員寢室，拿起聖經宣讀。

唸了幾分鐘後，拿起桌上的火柴。

在胸口劃了一道十字架狀，點燃了剛剛撕碎的【闇啓教】傳單。

看著這麼骯髒的東西在神聖的火焰裡化成黑灰，廖該邊的心裡逐漸舒坦起來。

他對自己說：「宿舍雖然禁止燒東西，但是爲了禁絕毒瘤的種子在學生的腦子裡發芽，這樣做也是情非得以的，這違規的罪名就讓我一個人揹負吧，上帝……嗯，不，還是寬宥我因良善所犯下的罪，好讓我一身無瑕地爲您服務吧！」

火焰在不鏽鋼臉盆裡流洩吞噬，發出的熱氣帶著濃濃的煙味，炙燙著廖該邊的臉龐，耀出的光芒照亮了廖該邊的眼神。

該邊沒有滅火。而是一直等到火焰自然熄滅後，才將黑灰倒在畚箕裡。

他覺得撲滅祝福過的聖火是對上帝的不尊敬。

誰也無權讓光明消失。

他帶著輕蔑的冷笑，盯著躺在畚箕裡的傳單灰，說：「談什麼黑暗？有什麼好談的？還創了什麼鬼教派咧？！現在還不是被偉大的光明聖火燒個精光……」

燒個精光？

殘破的黑灰靜靜地躺在畚箕裡。

也許黑灰在想：

「我沒有消失，沒有被光明吞噬，只是換了個方式存在。」

但廖該邊只是速速將灰渣丟在垃圾桶裡，出門忙著他的蒐證工作。

他要蒐證些什麼呢？

讓我們爲他列個表——

閱畢未將報紙疊好的懶惰蟲。	10
離開時沒有將電視關掉。	10
未精確做好垃圾分類的現行犯。	12
違規使用各種電器的偷電行為。	60
在寢室豢養畜生的敗類。	80
在寢室抽菸的公共危險分子。	86
散佈負面社會教材、傳單的異教徒。	90
偷偷進男生寢室裡聊天的蕩婦。	95
不斷腐爛的吉六會（罪名不限）。	100000

所以，我們可以知道廖該邊是一個忙碌的舍監，不只負責著大小雜務，還揹負著洗滌人心的十字架。

而現在廖該邊又在嘆氣了。

他看見一間半掩著門板的寢室，正飄出濃濃的尼古丁菸臭。

「這間住的一定是新生。」他心想。

這是當然的，沒有老菸槍會在廖該邊的監控下，開著門大方地抽菸。

廖該邊迅速踹開門，果然看見兩個毛頭小子正在吞雲吐霧，他氣得大吼：「這裡是學校！是公共場所！你們不顧別人的健康，竟敢這樣寡廉鮮恥地強迫別人吸二手菸、吸劇毒的尼古丁！要是他們因爲你們感染肺癌，你們就會因爲殺人罪下地獄知道嗎！」

兩個新生在驚愕中趕忙將香菸熄掉，在座位旁立正站好。

廖該邊看出孺子可教大感欣慰，脾氣也緩和不少。

「也許你們不知道事情的嚴重性，你們在寢室抽菸，也就是在玩火，有沒有想過，要是菸蒂燒到棉被怎辦？燒出人命怎麼辦？你們都是國家未來的老師，就要以身作則，看在你們有悔意的份上，我想上帝也……」

「該邊老伯，樓上缺水了啦！」

一個皮膚黝黑的男孩，經過開著門的寢室時突然叫道。

他認出這個男孩就是吉六會的會長，愛彈吉他怪叫的毒草。

「……」廖該邊的氣勢突然被這一叫一挫，頓時氣餒不少。

兩個抽菸的新生也不禁露出緊繃的微笑，這點尤其令他不滿。

他生氣地登記兩人的姓名後，又教訓了兩人一頓才出去。

「吉六會……難道這個污穢的邪教組織眞是我的天敵？」

廖該邊不只一次這樣想過。

每次當他正在執行上帝的正義公準時，吉六會的成員就像像幽靈一樣，從各個角落裡冒出來，用一句「該邊老伯」打擊他伸張純潔的興頭……

「不，一定是正好相反！上帝是因爲吉六會在這裡污染學堂，才會在冥冥中派我到宿舍維護眞理，對抗吉六會正是我的神職所在，這是試煉，更是上帝器重我的證明，這樣說來，事實更加證明我就是上帝的選民……呵……」

選民是什麼？

讓我們到廖該邊的管理員室裡，去翻翻桌上的基督新教教義。

中世紀，在馬丁．路德率領的宗教革命後，有一支後來改變世界、引燃資本主義邏輯世界的教派……喀爾文教派，也就是基督新教。

爲什麼我們說基督新教引燃了資本主義呢？

這跟該教派獨特的「選民說」大有關係，或許我們來上點歷史課。

爲了駁斥「只有教廷才能解釋聖經，只有神職人員才了解上帝的旨意」這種說法，基督新教發展出一套救贖理論，而該邊正是這套理論的強烈信徒：

1.上帝的旨意是不可能被世人知曉的。

世人要是有幸窺視出少許眞理，這也是上帝刻意讓世人得知的。

該邊一直認爲，自己就是那一小撮能幸運窺見眞理的人之一。

1.上帝創造人，是爲了要讓人彰顯上帝的偉大。

而理性正是上帝賜予人類的工具……彰顯上帝偉大的工具。

是故，人若能好好善用理性，就是上帝神聖的最好證明；理性有無被善用，端看處理事情的結果，所以運用科學管理與精密的會計計算以達成賺取金錢的目標，錢賺得越多，就表示愈有理性，愈有理性，就愈能彰顯上帝的偉大，而這個人就愈可能是上帝的選民，而選民就是能上天堂的那群人，只有那群人是上帝早就決定能得救贖的人。

一般相信，此種尋求救贖證明的方式，給予資本主義茁壯最好的溫床。

該邊相信，只要他將宿舍嚴格管理好，那群學生的人格素質就愈高，他也就能證明他是上帝欽定的選民。

也就是說，宿舍品質的好壞，跟他能不能上天堂有著禍福與共的關係。

一想到這裡，廖該邊振奮起精神，又開始他的宿舍病態肅清工作。

當天下午他總共糾正十五件敗壞社會風氣的惡行，共計邪惡程度二七四，成效頗令他滿意。

他明白，在他的努力下，男舍又向救贖的康莊大道邁開了一步。

只是，他還有一件要事沒做。

等到晚上，趁著宿舍走動的人較少時，廖該邊拿起一疊疊白報紙、糨糊、奇異筆，對照著中午在海報旁抄寫的筆記本，走到貼滿海報的牆壁旁，展開他的標語淨化工作。

首先是一個康輔社的海報：「懸賞帥哥辣妹加入」。

廖該邊冷笑一聲，心想：懸賞？

又不是抓犯人，這種譁眾取寵的標語言不及意，此乃罪一。

只徵求帥哥辣妹入社，可見這個社團也是淫穢的聚集地，難道貌醜的人活該不能入社？此乃罪二。

於是，廖該邊用奇異筆在白報紙上寫著：「懇請有志男女一同加入」，再用漿糊黏在原先的標題上，就算是將社會負面的價值觀淨化了。

廖該邊貼貼補補，著實費了好一番心力。

爲了方便，我們只舉幾個例子，看看廖該邊將別人的海報改成什麼純潔的德性：

「狂飆勁舞搖頭玩！！」→「健康跳舞，拒絕搖頭！」

「邀您一起聆聽上帝的聲音　by信望愛社」→「不聽上帝言，地獄在眼前！」

「一起做個快樂的慈濟人！」→「加入異教徒必自取滅亡！」

「走進美好大自然，征服峰頂雲海」→「自然誠美好，天堂價更高。」

忙了一個多小時，廖該邊一面擦汗，一面站著欣賞自己的巧思。

「這下子，整個宿舍的空氣彷彿神聖起來，希望這些傻孩子能明白我的苦心。」

廖該邊欣慰道。

「醜死了。」

一個既熟悉又響亮的聲音。

廖該邊回頭一看，果然是柚子。

不只柚子，吉六會其他三個成員也同他走在一起。

「會是誰那麼白爛？」一個胖胖的男生說，提著兩瓶特大號可樂。

廖該邊知道他的綽號叫阿和。

「是你吧？該邊老伯？」吉六會會長看著廖該邊大笑。

廖該邊挺起胸膛，說：「這是我應盡的責任。」

「不要鳥他啦，快回寢室做實驗了啦。」

「快走，不然會被他傳染白痴。」

是P19跟智障。

吉六會似乎要進行什麼實驗……

該不會是生剖少女的祭魔儀式吧？！

「等一下。」廖該邊擋住欲將離去的吉六會。

「衝蝦小？」吉六會會長說。

「這一兩天有很多學生老是在你們寢室外面徘徊，快說，你們到底在進行什麼陰謀！」廖該邊狐疑地問。

「陰謀沒有，陰莖卻是有的，我們現在要回寢室量陰莖，你要不要一起來？」柚子笑著說。

「不行啦，規定裡說，陰莖一定要五公分以上才能參加實驗，廖伯伯還少四公分，這可不能爲他破例……」P19說。

「兄臺此言甚是，有例不可廢，無例不可立，吾等速速離去爲佳。」

吉六會會長說完，四人以小跑步繞過廖該邊，跑到樓上的寢室。

廖該邊看著吉六會上樓，氣得全身發抖，拳頭都快捏爆了。

03

眞是個倒楣的夜晚，標語淨化後的愉快全都一掃而空。

廖該邊嘴裡咕噥著，拿著警棍在宿舍外圍巡視，散散步。

由於常有野狗跑進學校裡大小便，於是，廖該邊時常將白天受的一肚子鳥氣轉嫁到可憐的小狗（注意，是小狗，不是大狗）……身上，揍得那些小狗哀嚎不已。

看著狗兒驚慌失措地逃散，每次都可以讓廖該邊心情好轉不少。

今晚，倒楣的一晚，廖該邊的確需要找幾條小狗出出氣。

廖該邊漫步在宿舍外圍，注意著野狗的行蹤。

一條小黃狗正低頭啃著學生餵食的半支雞腿。

「就是你了。」廖該邊陰惻惻地走向小黃狗。

突然，「夙」的一聲，廖該邊驚覺醍醐灌頂。

更倒楣的事發生了。

特濃特多的臭尿居然從天而降，將廖該邊淋個正著。

廖該邊大驚，雙眼一黑，過於驚駭中竟然摔倒在步道上。

是的，一股尿柱從三樓的高度衝下，本就伴隨著力學公式 $F=ma$ 導出的巨力，沖得廖該邊昏頭轉向、措手不及。

況且此尿奇臭，使廖該邊趴倒在地上，幾乎給熏昏！

「ㄍ……ㄍ……是誰！」

廖該邊奇怒，爬起來時還不敢相信自己爆衰的遭遇。

他拭去眼中的殘尿，看著可能潑下臭尿的幾個靠窗寢室……

事發現場上方……二樓住的是新生。

三樓……三樓住的是……吉六會！

無惡不作的吉六會！

「一定是他們！」

廖該邊抄起腳邊的警棍，連衣褲也不換了，挾著一股狠勁，發狂地往三樓急衝。

04

吉六會會所。

廖該邊一腳踹開寢室門版，紅著眼叫囂：「是不是你們潑的尿？！」

此時，他赫見柚子、P19、智障三人，竟掏出自己的陰莖褻玩著！

「你們在做什麼猥褻的事！快把它們收起來！」廖該邊大吼著。

他沒想到吉六會所謂的實驗竟是集體雜交，這麼醜陋的事竟然在他管理的宿舍裡發生，這樣……上帝一定會怪罪他的疏失，也許還會將選民的資格撤回！

還有，這是怎麼一回事……那三個人竟然甩盪著超長的生殖器，其中柚子的生殖器尤其細長得不可思議，簡直就是魔鬼不潔的尾巴！

「太不乾淨了！居然這樣褻瀆求學的聖堂！」他吼叫著。

不行！

這次非得好好教訓他們不可！

「我就猜是你們！這兩天那麼多人圍在你們寢室外面，鬼鬼祟祟的，我就知道你

們絕不是在幹什麼好勾當，沒想到……沒料到你們竟是在集體褻淫！聖經上說：『上帝不喜歡男人跟男人睡覺』，就是指你們這些敗類……好！一個個都給我站好不准動，站好！」

說完，廖該邊拿起警棍，狠狠地追打幾乎沒有反抗的吉六會，他一面痛揍柚子幾人，一面憤怒地說教，而自知理虧的吉六會倒也不再出言諷刺，只是抱頭慘叫。不多久，廖該邊氣力放盡，又看見寢室外聚集了很多學生圍觀，於是乾罵幾句離開了。

離開時，被潑尿不久的廖該邊竟覺心情大好。被潑了尿固然不必高興，但終於逮到名正言順痛毆吉六會的理由，這一股臭尿廖該邊倒也淋得值得。

「哼，你們這些地獄派來的使者，究竟是敵不過我的正義……」

廖該邊嘴角淺笑著，回到管理員室裡換下衣褲，再到浴室用祝福過的聖水擦拭一遍身體，洗完澡時正好十點半。

「今天的懺悔錄可有得寫了。」

從書櫃拿出一大本日記模樣的紙本，廖該邊仔細寫下今天執法、禱告、反省，與

「如何又靠近上帝腳趾一步」等等感想。

今天該邊寫得特別久。

痛毆吉六會以驅魔是一件值得大書特書的嘉年華。

今日懺悔有感

題目：與邪教組織吉六會對抗的重大勝利

我親愛的主，我的上帝。

今天您卑賤的僕人又將靈魂品質提升了不少，宿舍的善良風氣也提高了許多。

還記得我常常跟您提到的邪教組織吉六會嗎？

您一定記得的，因為您是上帝，上帝無所不知、無所不曉、無堅不摧，當然也記得這個處處褻瀆神聖的淫教。

上帝啊，您是如此地偉大！

今天晚上，邪教將他們進行邪惡儀式用的咒水倒在僕人的頭上，企圖將僕人臭死，還好承蒙上帝您的保佑，使僕人免於死在污穢之所，於是僕人就拿起祝福過的聖棒，將邪教一網打盡，還破壞了邪教正在進行的不潔交合，大大削弱了邪教的氣焰。

這一切，都是僕人爲了彰顯您的偉大，爲了進入天堂服侍您所做的努力。

上帝啊，我的父，我的娘，阿門。

不肖僕人　跪上

終於，滿意地闔上厚厚的懺悔錄，廖該邊又整整禱告了一個鐘頭。

他總有很多話要跟上帝說。

訴苦、諂媚、祈求……還有不停地咒罵黑暗……

人間的黑暗太多，所以廖該邊總是耗費最長的時間批評世界的沉淪與墮落，期盼上帝拋下一句：「沒錯！」

禱告完畢，夜也深了，廖該邊很快地巡視宿舍一次後，便蓋上粗糙單薄的棉被（他相信上帝看得見他的簡樸）睡了。

睡了，燈卻沒關。

管理員室裡點了三根特長的蠟燭，燭火拖曳著巨大的光影在牆上晃動、晃動……

「永遠與光明同在。」

廖該邊總是這樣相信著。

永遠與光明同在……

05

接下來的兩個月裡，師大發生了震驚社會的大新聞。

很不幸，這條超大的新聞就恰巧發生在廖該邊管理的男舍裡。

這條新聞吸引了很多記者，十多輛ＳＮＧ採訪車停在原本就很狹小的校園裡，攝影機架滿了每個角落，其中大部分都對準著宿舍頂樓，嘗試從緊閉的窗口縫中拍到點什麼。

媒體每天在師大校園裡穿梭訪問，絕不放過任何一個八卦、謠傳、毀謗、怪力亂神，男舍頂樓儼然成爲校園最詭異、神祕的地方，關於頂樓的諸多揣測不停地流傳著。

「聽說學校已經將那些學生隔離在頂樓，眞是太不人道了。」記者甲嘖嘖。

「不是傳說是那些學生因爲不願就醫，所以自願被隔離的嗎？」記者乙扠腰。

「到底眞的是象皮病還是什麼怪病，爲什麼不去醫院治療？怪怪……」記者丙。

「聽說是局部性象皮病，因爲發病在生殖器的附近才不想就醫的。」記者乙。

「好可怕，到底有幾個人被隔離了？有哪家報社查出來了嗎？」記者甲。

「聽自由時報的記者說，好像是三十七個人。」記者丁一副事不關己。

「我聽TVBS說已經到了三十九人。」記者戊聳聳肩。

「倒底眞相如何，其實眞該派人偷偷闖進去瞧瞧，現在新聞搞得那麼大，我們進去說不定輿論也會支持我們。」記者己苦思著拿到新聞畫面的方法。

「根本不清楚是什麼病，說不定是最新的病毒感染，誰敢進去？」記者庚猛搖頭。

「那些學生指控的日本醫生完全撇清與這件事的關係，誰有日本方面的後續消息啊？」記者甲完全不想自己查資料。

「哪有後續？想也知道這完全不可能，完全是學生的謠傳，哪來的後續？」記者丁。

「國際催眠組織跟醫學聯盟也支持那醫生，我看那方面也沒什麼好報導的了，現在重點完全是頂樓的情形，至少也要拍到一些畫面吧！」記者己抓著頭，有畫面才有新聞可是鐵則。

「眞相不知道何時揭曉？我們媒體既然報導了這件事，就該揭露眞相……」記者辛。他沒說的是，如果找不到眞相揭露，記者就有必要杜撰一個出來充充場面。

「該不會是國防部的生化武器氣體外洩了吧？」記者丙。

「難怪軍方一直介入警方的調查。」記者甲有口無心地附和。

這一天，記者們在送給頂樓學生食物的籃子裡偷偷放進小型針孔攝影機，但沒拍到什麼前就被機警的學生弄壞。

記者於是在樓下廣播，呼籲頂樓的學生將樓上的情景用網路傳輸影像下來，或是發表任何聲明，以求給社會一個交代。

頂樓只有沉默。

這一切都看在廖該邊的眼裡。

廖該邊對這一切驚怒極了。

宿舍原本好好的，今天卻發生這麼恐怖的怪事，他這個當舍監的難辭其咎不說，他的信仰所帶來的壓力卻更沉重。

TV
TV

廖該邊從事發以來，在頂樓尚未被隔離前，便親眼看見幾十個學生捧著、甩著自己細長可怖的生殖器在走廊上哭泣、吼叫，他被這些超眞實的怪狀給嚇呆了。

他以爲魔鬼的種子已散佈在神聖的學堂，末日的審判即將到來……他只能顫抖著，拿著大型十字架與聖經，在宿舍裡到處驅魔。

廖該邊想起那天他闖進吉六會寢室的情景，他隱隱約約覺得柚子三人長得誇張的生殖器，一定與這一連串怪事脫不了關係。他們一定在寢室裡藉著淫亂的儀式召喚邪惡的魔鬼，將惡魔疾病的種子散佈在神聖的宿舍。

當時他沒有將他們全都亂棒打死，眞是錯得徹底。

他深夜裡常常祈禱惡靈退散，祈禱上帝賜予他對抗黑暗的力量，以便將宿舍頂樓的怪物一一殺死，重新嚴格管理宿舍以維護上帝的名聲。

廖該邊的祈禱似乎生效了。

幾天後，警方根據頂樓已不再傳出聲響，更發出濃濃屍臭的情形來看，研判頂樓的同學全都罹難，於是穿著隔離裝進入現場。

在法醫勘驗過數十具學生屍體後，便驅逐媒體，讓管理員廖該邊跟軍方支援的消毒專家一同清理案發現場。

終於看見傳說中地獄景況的頂樓。

廖該邊看見頂樓陰毛叢生、樹根狀的超長生殖器在屍身上盤據糾結，爬過天窗、走廊、床緣、電腦桌，噁心的屍臭伴著中人欲嘔的精液腥味，在空氣裡窒鬱不散。

甚至還有幾條掛在腐爛屍體上、尚未枯萎的生殖器隱隱地擺動著，正在做垂死掙扎。

軍方的消毒專家一面嘔吐，一面噴灑高劑量的消毒霧。

警方法醫也是從頭至尾吊著眉頭，暗暗抱怨自己背到極點的籤運。

只有廖該邊興高采烈地，將一條條的生殖器剷進軍方特製的畚箕裡，還將屍體踢來踢去，連窗戶旁兩具沒人想動的、微笑著的恐怖怪屍，也是廖該邊一把拖進屍袋綁好。

他認出那兩具屍體就是吉六會的智障跟P19，所以廖該邊忍不住多踹了屍身兩下。

「黑暗總算過去了，我全能的上帝，感謝您賜予我重新管理宿舍的神聖任務，我一定竭盡所能，驅逐可鄙的黑暗，將您的光輝、您的指引，帶到每個學生的心裡。」他心想。

在這爲時整整一天的噁心工作後，廖該邊同往常一樣，在長長的禱告後，點上蠟燭，愉快地睡著了。

愉快？

是的，他終於擺脫了惡魔進駐的宿舍，重新將光明納入，這的確令廖該邊欣慰。

不同的是，在這件恐怖的事件過後，廖該邊的心中更加拒斥黑暗，完全不想與黑暗共處。

所以，我們現在被床邊的蠟燭給照得睜不開眼，因爲廖該邊一共點了二十支蠟燭。

二十支蠟燭當然很亮、很亮，但是燭火仍拖曳著巨大的光影晃動。

光影晃動，寢室裡只有更加地黑白分明。

廖該邊看著巨大的光影，煩惡地睡著了。

06

第二天，廖該邊神氣地巡視每個寢室。

「倒要看看吉六會現在變得怎麼樣了。」廖該邊咧開嘴笑著。

他知道吉六會在頂樓事件裡已經死了兩個敗類，一個至今下落不明，現在只剩下愛吵鬧的淫首會長、懶惰的胖子、光會玩電腦的低能兒。

他正想趁機奚落他們一番。

走到吉六會位在三樓的寢室，廖該邊哼著小曲，拿著管理員的備用鑰匙逕自打開門，看見吉六會僅剩的三人正一言不發地看書、看報、寫程式，沒人抬起頭來看他。

廖該邊冷笑說：「吉六會少了三個，應該改名叫吉三會吧！」

依舊沒有人理他。

廖該邊哼著福音歌曲，看見智障遺留下的桌上擺著一只魚缸，三隻巴西龜慵懶地趴在假石上做燈泡浴。

「寢室不准養寵物，這樣不是乖孩子呦。」

廖該邊說完，伸手便想將魚缸拿走。

會長默默走到智障生前的衣櫃前，翻找裡面的物事。

「呵，別說我沒警告你們，要想繼續住宿舍，就要乖乖守本分，盡自己……唉呦！」廖該邊沒說完，腦袋就被會長從衣櫃裡拿出的球棒給K了一下，不禁大痛。

「你們敢……敢……」廖該邊

痛呼道，眼淚都擠出來了。

「我在練習揮棒，你幹嘛不敲門就走進來？」會長冷冷地說。

「換我練習了。」胖胖的阿和接過球棒。

不等廖該邊衝出寢室，阿和就用力往他的背上揮出洩恨的全壘打。

這一揮幹得廖該邊連滾帶爬摔出吉六會。

「ㄍ……ㄍ……好痛，走著瞧……我絕對不會饒過你們的，絕對！」

廖該邊痛得眼淚直流，背上跟頭上都像要裂開一樣。

廖該邊不敢在走廊逗留太久，因爲吉六會已經開始練習揮出「超級觸身球」。

一顆顆棒球從寢室裡飛擊到走廊。

猛烈的球速劃破空氣，球兒緊跟著廖該邊的逃跑路線追打。

「全能的上帝……請……請不要赦免這些罪人，通通打入地獄吧……呼……呼……」

走出宿舍，廖該邊氣喘吁吁地禱告著。

廖該邊愈禱告愈火大，終於咒罵起來：「你們這些罪人，就一輩子苟活在充滿慾望的黑暗裡吧！什麼東西，竟敢追打上帝的使徒，地獄的名單一定會寫滿你們的名字。可惡，竟敢瞧不起我，我可是宿舍管理員，是上帝光明的使者，竟敢……好，看我怎麼捉弄……不，懲戒你們。」

此時正值中午，初冬的太陽將宿舍外的柏油路曬得油亮亮的，廖該邊走在草皮邊磚白色的道路上，反手揉著自己傷痛的背部，在不停的咒罵聲中抬頭看見青翠的松樹上，閃耀著碧綠色的光芒。

多美的樹。

但是沒有光來得美。

夜裡的樹隨風簌簌，樹影妖異擺動，只會讓人害怕，絕不是美。

所以或者更仔細地說，沒有光照耀的樹，就不是美。

上帝造物之神奇，雖有鳥語花香，或有高山流水，景色雖美，但若無陽光俯照，這此景致不免大失顏色。

所以，光芒是上帝最完美的藝品。

光無瑕，芒無罪，賜予萬物生機，可說是最接近上帝的珍物。

「永遠與光明同在。」廖該邊喃喃唸著座右銘。

廖該邊欣賞著中午陽光普照的校園。

環顧四週，無一不接受陽光的滋護……除了那棵松樹的影子。

不對！

還有垃圾桶的影子、路旁車子的影子、校舍的影子、剛剛走過去的學生的影子……

廖該邊這時發現了一個驚人的事實。

一個很驚人，但你我都渾無所覺的事實……

每個東西都有影子！

「這是怎麼一回事？」廖該邊居然有些驚魂不定。

每個人行走在人生的大道上，偶爾都會碰上一些小小的分岔路口，你要是忽略它的存在，直覺地閃避了人生另一個可能，就可能錯失一些小驚喜，但也可能因此與危險擦身而過。

然而，鮮少有人一眼就能看出岔路的另一頭有些什麼，只好試著走過去看看。要是不對頭，便走回原先的康莊大道。

有勇氣的人，會一直往小路盡頭走下去，直到他發現了什麼。

這種人，我們不叫他冒險家，我們慣稱他們作「偉人」。

牛頓、阿基米德、哥白尼是偉人。

誰都知道牛頓跟蘋果的恩怨。

誰都知道阿基米德沒有好好洗澡的故事。

誰都知道哥白尼爲了眞理被燒死了……雖然大多數人都分不清，他是因爲「地球是圓的」還是因爲「地球繞太陽轉」的理由，才會被燒成焦炭的。〔註〕

現在，廖該邊想知道他跟影子間存在著什麼。

他站在小路的出發點上。

「每個東西都有影子，這點再自然不過了。」心中的一個聲音A說道。

「一點也不自然。鬼沒有影子。」另一個聲音B也開口了。

「你沒看過鬼。」A。

「你也沒有。」B。

「但是我看過吉六會，他們最接近惡魔，但他們也有影子吧。」A。

「也許，就算鬼有影子，那麼，神沒有影子。」B。

「你又看過神了？」A。

「沒有，不過你也沒有，所以神很可能沒有影子的。」B。

「爲什麼？」A。

「神不需要影子。」B。

「…………………」A。

聲音A沉默了。

廖該邊坐在地上，盯著自己的影子沉思。

突然他若有所悟：「是啊！神不需要影子……但是……人要影子做啥？」

隱隱約約中，廖該邊覺得影子這東西不太尋常。甚至，不是什麼好東西。

「人爲什麼有影子？」

這個問題開始在廖該邊的腦中盤根錯節。

也許應該去問問專家才是。

廖該邊決定去問專家，但現在出現了兩個問題：

問題一，有關影子的問題，應該去問什麼專家？

物理？化學？數學？哲學？神學？

難道有影子專家？

問題二，廖該邊發現他沒有專家朋友。事實上，他一個朋友也沒有。

不過廖該邊是舍監，而舍監管了一群未來的專家，於是問題解決了。

他跑去問跟他最熟的住宿生，景耀。

景耀唸的是工業教育，是平時會跟廖該邊打招呼的兩個反常人類之一。

景耀想都沒想：「因爲有光啊！光一照下去，什麼東西都會有影子，包括水跟玻璃。」

廖該邊點點頭，又問：「嗯，那神爲什麼沒有影子？」

這什麼鬼啊？景耀根本不願多想，他素知這個舍監是個宗教狂，多說無益，會跟他打招呼只是從小家教甚嚴、禮貌性的反射動作罷了。

他說：「這要問唸物理的，你去隔壁左邊第三間，問問王清文吧。」

廖該邊不屑道：「唸到大學連影子是怎麼回事也不懂，丟臉啊……」

說完便起身問「王清文」去了。

對了，順道一提，那個叫景耀的從此以後都沒跟廖該邊打過招呼。

「影子啊？因爲有光啊！只要有光照，什麼東西都會有影子，水跟玻璃等透明介質也一樣，影子的長短也跟光的照射角度有關係。」王清文漫不經心地回答。

「嗯，那神爲什麼沒有影子？」廖該邊鍥而不捨。

「根本就沒有神。」王清文一邊玩電腦一邊說。

廖該邊氣得跳起來，叫道：「異教徒必將身著十道罪火墮入地獄！你這個可惡無知的……的……」

「滾。」王清文平靜地說。

他知道對這個白痴舍監說什麼都是浪費唇舌。

容我再順道一提，當晚王清文的房門被不明人士漆上「地獄入口」四個血紅大字。

「問信望愛社吧？不，大學生等級的教徒信教都信得隨隨便便的，只會死背聖經，還是去問專業一點的神父。」廖該邊拿起在交誼廳上「撿」到的手機，迅速撥了一串號碼。

「喂，你好，我找張神父。」廖該邊說。

「請問你是……」對方問。

「我姓廖，是師大的……喂？喂？」廖該邊聽到對方掛上電話，咒罵連連。

誰教廖該邊平時在教堂做禮拜時老愛謾罵別人，弄得對方連電話也不願多聽一秒。

「你好，這裡是生命線，請問有什麼能幫忙的嗎？」

「嗯，爲什麼人有影子？」廖該邊問道。

「啊？這個……嗯，每個東西都會有影子，這是普通的物理現象，所以人當然也有影子。」

「不對，神沒有影子。」

「神存在我們每個人的心中，而……」

「神住在天堂，白痴，要是神住在每個人心中，那不就大家都可以上天堂了？！不對，只有選民才可以上天堂。」廖該邊打斷對方說。

「先生，我想，神就是我們心中的善念，只要……」對方的語氣有些不悅。

「神就是神，是那種死後三天會復活的神，愚蠢的羊！」廖該邊掛上電話。

什麼生命線？

連神都不懂的傢伙，憑什麼跟人家談生命！

廖該邊苦苦思索，他覺得影子一定存著某個祕密，要不然植物、礦物、動物，乃至人類，這幾種差異巨大的事物都有影子，這其中必有蹊蹺。

影子的祕密一定跟神的啓示大有關係，因爲神沒有影子。

爲了得到神啓與救贖，廖該邊必須解開影子之祕。

註：編按：主張日心說的哥白尼實際上是因病過世，遭宗教法庭處以火刑的是學者布魯諾。布魯諾支持並大力宣揚哥白尼的日心說，並藉以批判基督教神學，最後因爲堅持科學觀點而被判爲異端。「哥白尼因爲日心說被燒死」是個常見的錯誤印象。

07

這一晚，廖該邊禱告完畢後，便點上三十支蠟燭準備睡覺。

躺在床上，廖該邊心裡仍犯嘀咕：「我要影子幹嘛？」

燭光霍霍。

牆上光影飛揚。

廖該邊發現桌上的聖經也有影子。

「雖然神沒有影子，但聖經卻不免有影子，唉，燭光那麼漂亮，為什麼要照出影子呢？亮亮的不是很好……等等！我明白了！」

廖該邊一身冷汗地驚坐起來。

刹那間，廖該邊自以為解開了藏在影子裡的陰謀！

不，不是陰謀，是神啓！

「影子……原來……原來影子是這麼一回事！我全都明白了……明白了。」

廖該邊拿出厚厚的懺悔錄，坐在桌上振筆疾書：

今日懺悔有感

題目：人爲什麼會有影子？

影子是罪惡的淵藪，是黑暗的根源，萬物都有影子就是最好的證明。

從小我就有影子，因爲我從小就有罪，揹著一種聖經裡叫原罪的罪，聽神父講説，這種罪很嚴重，嚴重到會讓我下地獄，所以我決定信神，這樣才能上天堂。

可是我今天發現我還是沒辦法上天堂，那個神父也一樣，大家都一樣，因爲我們永遠永遠都擺脱不了黑暗，那個黑暗就是影子，也就是那個叫原罪的罪，這個罪聽説很嚴重，我剛剛也提過它會嚴重到讓我上不了天堂，這樣很不好。

影子很髒，是一種很髒的東西，要不然爲什麼大家的影子都是黑色的？沒有白色或金色的？我想這麼髒又這麼黑暗的東西老是跟在我後面是爲什麼，後來，我想通了，因爲它是原罪，「原罪」的「原」，聖經寫得不太好，也不清楚，好像是「原來就有」的意思，就是我沒做什麼就會犯的罪。

我以前總是覺得沒犯錯就要下地獄，這樣很不好，也不知道該怎麼辦，所以我努力

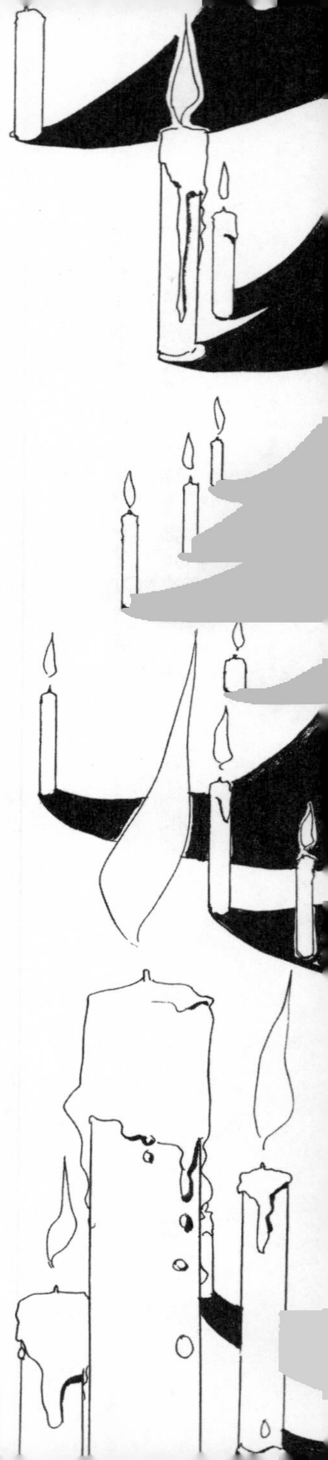

地把學生變成好人，還以爲這樣就可以把罪洗掉，我今天才知道我錯了，請上帝原諒；原罪的意思我全明白了，人一生下來就有影子，沒做什麼好事壞事就有一個很髒很黑暗的東西跟在我們身後，那不是原罪是什麼？

所以只要影子還在，我的原罪就洗不清，就上不了天堂。這點讓我很困惑也很害怕，我不知道要怎麼做才能把影子弄掉，或是把它變成漂亮的金色。

但從明天開始，我一定會努力找出救贖的方法，好把原罪洗清。

最後，我也更明白光明的偉大，您降賜光明給我們，照出我們的影子，使我們明白自己的原罪有多麼的重，這只有純潔的光芒才能將我們的原罪逼迫、顯現出來，所以我們未來一定要好好愛惜光明，做一個光明的人。

誠摯地祈禱

您的僕人跪上

這一天晚上，廖該邊睡得極不安穩。

他花在閃避燭影的時間非常驚人，因爲：

「我自己都有影子了，已經夠黑暗了，若還讓其他的影子蓋到我身上，萬一我的原罪因此又變重了，豈不失算？」廖該邊這樣想。

他接著又想到自己三十幾年來，從來沒有注意過被其他影子遮蓋到的可怕，白白被其他東西的原罪給污染了不少，眞是冤枉。

這時，有件事他很有興趣知道。

「不知道教宗若望保祿二世有沒有影子？」他想。

他在雜務櫃裡翻出一捲陳舊的錄影帶，裡面是教宗若望保祿二世幾年前到台灣來訪問的紀錄片。

他將錄影帶送進放映機裡，仔細研究每個教宗出現的畫面。

幾分鐘後，廖該邊已經倒在地上笑個不停。

「騙子，眞是大騙子，他有影子居然還敢當教宗？居然還敢對我們說教？哈哈……」

廖該邊心中頗爲痛快，但也有抹哀愁。

痛快的是，這世上恐怕無人得以解脫於原罪，跟他一樣。

憂慮的是，要是連教宗若望保祿二世都無力解脫，他又何德何能？

「唉，這原罪可不輕，我可不能再被影子蓋到了。」

於是廖該邊起床開了大燈，這樣才緩緩進入夢鄉。

08

隔天一早，廖該邊在宿舍裡狂奔，將所有的電燈開關都給打開，好讓自己，不，還有所有的住宿生，盡量不要被其他人或天花板的影子給蓋到。

從現在起的每分每秒，廖該邊立志過不一樣的生活，採用一種內外夾攻的「道德陽光療法」以洗脫影子帶來的髒污。

首先，於內最重道德提昇，以清除體內的原罪毒素，廖該邊決定更加用心、更加嚴格地管理宿舍，使國家社會擁有眞正優良的未來教師，而他也要嚴格要求自己提昇更多的道德感……延長禱告與懺悔寫作的時間一小時。

再者，對外嚴加防範影子攻擊，拒絕讓自己暴露在他人或各種建築物的影子裡，盡可能接觸自然的陽光，若是不得以須在建築物內行走時，一定自備手電筒掛在頭上照向自己。

你現在一定笑死了吧？

但宿舍裡的同學可笑不出來。

他們得忍受各種畸形的要求，諸如：「在浴室外不得赤膊上身」、「不得在寢室打牌」、「交誼廳內不准高聲喧譁」、「看到管理員要敬禮，鞠躬者發予好學生小獎章一只」、「拖鞋禁止穿出寢室外」、「不准穿著黑色衣褲」等等。

學生當然受不了，開始向學校反映廖該邊的無理，試圖換個管理員。

不過呢，這位嚴格的舍監一點也不畏懼，更做出各種難以理解的小丑行徑。

小丑行徑是指：帶著自製的礦工燈帽出沒在宿舍每個角落，坐在刺眼的陽光底下看報紙，用擴音器在交誼廳中傳教，過濾公用報紙上的新聞（有任何不雅即剪下燒毀，所以學生只能看到破破爛爛、近乎碎紙的報紙），發行自製的福音講義，強行與違規的同學玩「聖經教義快問快答」的無獎徵答活動。

最近，廖該邊還開始新的奇怪舉動。

他跑。

像阿甘那樣跑著。

廖該邊繞著宿舍一圈一圈跑著，不時轉頭後看：「影子被我甩掉了嗎？」

影子也跑著，好像在說：「沒有，我跟定你了。」

吉六會窗口。

「你說看看，廖該邊是不是瘋了？」會長從窗口看著疾奔中的廖該邊。

「我倒不希望如此，已經經歷一個悲劇了，我不想看到廖該邊在那裡傳播他的白痴病毒。」阿和嘆了口氣。

「今天柚子傳了封e-mail回來，大家一起看看吧。」廢人看著電腦說。

廖該邊已經持續跑了一個星期了，每次都跑到快虛脫才放棄擺脫影子，這天他又跑到跪坐在地上，汗濕了全身，此時已是下午三點多。

「這樣跟黑暗對抗還要多久？還要多久……」廖該邊累得閉上眼睛。

這時，一個全身穿著黑色、長髮挑染成褐紅色的女子好奇地走向廖該邊，她手裡拿著一疊傳單，向廖該邊說道：「你好，我們這星期四有集會，歡迎你來參加。」

女子將手中的傳單遞了一張給廖該邊。

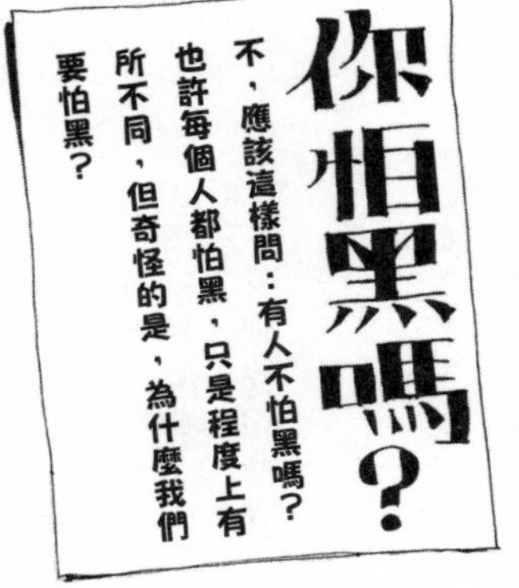
你怕黑嗎？
不，應該這樣問：有人不怕黑嗎？也許每個人都怕黑，只是程度上有所不同，但奇怪的是，為什麼我們要怕黑？

廖該邊猛然醒覺手中正是那邪教【闇啓教】的宣傳單，不由得大怒，吼道：「邪教！妖女！滾開我的地盤！這裡是上帝指定的聖地！滾！快滾！再來發傳單我就打電話叫警察局來！」

這一吼當然嚇跑了這個黑衣女子，也令廖該邊自己生起自己的氣來。

「爲什麼我老是甩不掉黑暗？爲什麼？上帝您告訴我告訴我，究竟我要努力到什麼境界才能洗脫原罪？爲什麼這世界上黑暗如此猖獗，如此無所不在？爲什麼走到哪裡都有影子？什麼東西都有影子！您知道我爲了閃避影子整天神經兮兮，就快崩潰了嗎！這個世界已經完全沉淪了啊！我乞求您伸出救贖的手，將我的影子除卻了吧……」

廖該邊跪在路燈旁的磚地上，看著輪廓清晰的影子叫吼、哀求著。

這時，廖該邊猛然用力揮掌擊向自己的影子，發瘋般嘶吼：「滾開！！！」

人生就是如此奇妙。

往往你認爲絕無可能發生的事，它就是偏偏發生了。

這種事不會太多，卻也說少不少，通常我們管它叫「奇蹟」或「聽你在放屁」。

這絕對是「奇蹟」。

廖該邊的影子斷掉了。

影子就正好斷在廖該邊揮掌擊落的地方，陽光直接貫穿、灑在影子的斷口。

廖該邊看得嘴巴開開，開得極大。

「斷了？」他不能置信地摸著影子與自己身體的斷口，驚喜不已。

廖該邊往後一跳。

果然，他的身體是跳離了，但他的影子仍跪在原地，一動不動。

「我成功了？不，這都是上帝的憐憫……」

廖該邊不敢相信自己的影子居然就這樣生生斷裂，和自己奇異地分家。

廖該邊此時真想大哭大笑一場，他永遠洗清原罪，可以拿到天堂的門票了！

「大家快出來看哪！我……我沒有影子啦……！」廖該邊竭力大笑大吼道。

這一吼還沒吼完，廖該邊就不由自主地往後跌倒。

跌倒？

為什麼？

為什麼我老是甩不掉黑暗？
呼！呼！
滾開！

不，看起來更像是滾動。

很快地滾動。

「怎麼回事？我怎麼會摔個不停？」

廖該邊自己都覺得奇怪，居然一時間天搖地動，感覺自己像是攀附在一顆滾動中的大球一樣，全身都要往下滑似地。

廖該邊就這樣不停地滾著、滾著、滾著……在平坦的磚地上，往餐廳的方向急速滾去。

許多住宿生被廖該邊剛剛的大叫吸引住，一個個從窗口探出頭，卻見小丑舍監正像個輪胎一樣往餐廳滾去，全都爆出一陣狂笑，接著掌聲響起。

廖該邊又驚又怒，忽然「咚」一聲撞到一棵大松樹，這才停了下來。

影子！

他現在正倒在大松樹的影子裡！

廖該邊可沒時間驚魂不定，他掙扎著爬起，顧不得渾身擦傷就往陽光裡跳去。

這一跳又跌倒了。

跌倒？

不，看起來更像是滾動。

很快地滾動。

廖該邊繼續往餐廳滾去，而宿舍窗口響起的掌聲、笑聲又更大了。

「這倒底……唉呦！好痛……啊……」

廖該邊感到地表不是平坦的，而是極爲

陡斜的下坡，所以他才會朝下直滾。

「咚」。

這次廖該邊滾進餐廳旁的走廊裡，撞上一個大垃圾桶停了下來。

「剛剛應該不是地震吧？」

他抱著劇烈陣痛的腦瓜子，看見所有人都好好的，方才顯然只有他一個人滾個不停。

但問題是，他現在正趴在餐廳走廊的影子裡！

「這可不行！我好不容易才擺脫自己的影子，可不能再被其他的影子給污染了！」

廖該邊心念電轉，立刻勉力爬起，走出走廊。

一走出，廖該邊不能置信地又開始飛滾，這次滾得更急，更令廖該邊哭笑不得。

在住宿生的口語相傳下，整個宿舍的同學傾巢衝出，往餐廳的方向跑去看熱鬧，嗯……應該說是看馬戲團。

馬戲團的當家丑角正是廖該邊，他現在正忙著表演人體風火輪，以各種不可思議的角度朝後直滾。

但是令學生掌聲喝采聲不絕的，除了高難度的翻滾技巧，廖該邊不停翻滾的驚人體力更是主因，他居然能連滾帶摔、毫不間斷地

在校園裡邊跌個不停，果然不愧是小丑舍監。

掌聲吸引了更多圍觀的人，就像惡性循環一樣，更多圍觀的人全都沒有吝惜他們的掌聲，結果像蜜蜂一樣呼朋引伴地，人潮像爭睹大明星般擠在校園道路旁，觀看廖該邊的特技。

「咚」。

廖該邊又停下來了。

幸好撞到了一輛停靠路邊的巴士，不然他又不知道還要出醜多久。

沒錯，廖該邊躺在這輛大巴士的影子底，但他可沒法子立即爬出，因爲他實在累壞了，身體都是大大小小的擦傷，加上

被自己身體怪異的狀況給嚇壞了，他只能靠在巴士的大輪胎喘息，看著校園道路旁成百上千的學生、教職員爲他喝采。

「上帝啊……這是怎麼一回事？是……是我這幾天太累了嗎？」他心想。

廖該邊摔得迷迷濛濛的。

「去……去保健室擦……擦藥吧……」

廖該邊扶著車身，緩緩站起，想要走去保健室敷藥，然後睡上一覺，養好精神再慶祝擺脫原罪……影子。

在眾人的期待下，廖該邊才剛踏出巴士的影子，果然就不由自主地急摔！！

道路旁又爆起一陣如雷掌聲。

但是廖該邊這次幸運多了，他沒跌幾下就又撞上另一輛巴士的大輪胎。

「見……見鬼了……」廖該邊嚇得縮起身體，瞇著眼尋找害他跌倒的鬼怪。

這時，機警的兩名校警抬了一只擔架，匆匆跑向廖該邊蜷縮的角落。

「廖先生，中暑了嗎？快上來，我們送你去保健室。」一名校警說。

「謝謝……快……扶我起來……」

兩名校警手忙腳亂地將廖該邊抬上擔架，朝保健室小跑步去。躺在搖搖晃晃的擔架上，廖該邊發現自己被玩弄了，兩名校警好像故意將擔架傾斜，讓廖該邊在大叫中硬是從擔架上滾落，他氣得鬼叫：「你們……啊！！！」

話沒說完，廖該邊又感到「這地皮好斜好圓」。

於是在自己的慘叫聲中，他又往「懸崖」底跌去，大跌特跌……

圍觀的人群看見這稀奇好笑的表演，議論紛紛：

「他就是男生說的變態舍監，還好女舍沒有這種管理員……」

「不過他好像蠻好笑的？」

「才怪咧，他把我們男生整慘了。」

「喂，他的體力眞的是超強的，不知道還要這樣表演多久？」

「這哪是表演，只是在跌倒啦，不過這樣一直跌超痛的，他是白痴嗎？」

「那個廖該邊這次的傳教開場開的還不錯耶！」

「他好變態喔，全身是傷了還一直跌、跌、跌……好噁心……」

「看他的表情好像不是故意的？」

「對呀，那些慘叫超眞實的，傷也是眞的，眞不知道他腦袋是不是有病。」

「算了，去上課了啦，吃完飯再來看，還來得及看到終場。」

人群發現廖該邊千耍萬耍就這麼一套，也就零零星星散去。

廖該邊一直跌，直到撞進一間教室的影子底。

這一回，他完全不想再爬起來，就這樣趴著。

他流著眼淚，心中喃喃自語：「上帝，請救救我，告訴我我到底是怎麼了？」

找我有事？

09

「找我有事？」

一個人影站在他的身邊。

廖該邊微微抬頭，只見一個模樣奇特的男人佇立在他滿是傷痕的身體旁。

說那人是個男人，不如說是個大男孩。

說他是個大男孩，並不是因爲他的臉上稚氣未脫，而是他的嘴角漾著一抹「興趣極濃的淺笑」，像個好奇心重的野孩子。

大男孩穿著一件藍色格子襯衫，醬色牛仔褲，還有一雙破爛涼鞋，一副學生裝扮。

說大男孩模樣奇特，是因爲大男孩下巴蓄滿了鬍碴，左邊的袖子空盪盪的，顯然是個獨臂的殘廢。更怪的是，竟有隻米色的蝴蝶停在大男孩的鼻尖休息，翅膀微微開闔，令大男孩的頑皮雙眼顯得更加靈動。

「你剛剛很厲害耶，怎麼，摔累了？等一下還有表演嗎？」

大男孩蹲下來，看著疲憊的廖該邊笑著說。

「走開，我需要休息。」廖該邊瞪著大男孩。

「好吧，我只是聽見你在找我，我又正好在人群中看你表演，所以走來看看。」

大男孩也不生氣，站起來就要走。

「等等，你說你聽見我在叫你？」廖該邊掙扎著坐起。

「嗯，沒事就好，掰掰。」大男孩揮揮手。

「等等……你是……？？」廖該邊拉住大男孩的褲管，問道。

「我是上帝啦，嚇死你！」大男孩說完，自己也覺得好笑。

「啊！」

廖該邊瞪大雙眼。

廖該邊記得剛剛呼喚上帝時，自己只是在心裡碎碎唸而已，而這個大男孩竟「聽到」自己心裡的聲音，難道……

難道這毛頭小子真是上帝？

「不信啊？我自己也覺得怪怪的，不要介意，我只是碰巧路過，進來找我弟弟罷了。」

大男孩說完，上衣口袋裡的手機突然震動，大男孩拿起手機，說道：「我早就到了了。」

啦，嗯，嗯，對呀，我剛剛也看見那個白爛舍監了，他果然跟你說的一樣好笑，哈，你也看到啦？嗯，我現在就站在他旁邊，他好像摔得很累，嗯，嗯，好，我二十分鐘以後就過去找你，掰掰。」

掛上電話，大男孩看著廖該邊，問道：「要不要送你去保健室？」

廖該邊狐疑地看著大男孩。

他不敢不相信這麼平凡的人竟是上帝，因爲懷疑是對信仰的不眞誠。而且，萬一他眞的能聽到自己心中的話，那就很可能是上帝。

廖該邊心想，自己那麼虔誠，上帝化成凡人來慰藉他也並非不可能，況且……況且剛剛奇蹟的確發生了，上帝藉他的手斬斷了原罪的化身……影子。

「你能不能把我身上的傷立刻治好？」廖該邊膽怯地問道。

「爲什麼我要？」大男孩說。

「你不是說自己是上帝？你聽得見我心裡的話？」廖該邊摸著自己的傷口問。

「我是上帝沒錯，嗯……應該說是現任的上帝，怎麼？」大男孩停頓了一下，又繼續說道：「你剛剛眞的斬掉自己的影子？」

「你又聽到我心裡的話了？」廖該邊驚呼。

「還好吧？！當上帝可不能太遜。」大男孩拍拍廖該邊的肩膀，忍不住又說：「說眞的，你可以再站到陽光裡晃晃嗎？讓我開開眼界，我還沒看過沒影子的人說。」

「上帝！我遇見上帝了！這……對不起，可以請您顯示一些奇蹟嗎？」廖該邊才剛說完，立即覺得失言，他想到：「剛剛我斬斷影子不就是奇蹟了嗎？」

「也難怪你不信，不過你砍掉影子的事應該跟我無關啦，快去陽光底下，好讓我開開眼界。」大男孩露出極感興趣的表情。

「上帝眞是謙虛。」

廖該邊不再囉唆，開心地跳進教室旁的陽光裡。

「啊——！」

慘叫中，廖該邊竟又跌滾起來，驚怖不已。

「嘿！」大男孩一喝，飛身將廖該邊抓牢，不再讓廖該邊滾來滾去。

廖該邊嚇得顫抖著，完全不知道爲何如此莫名其妙。

「哇賽！你眞的很絕耶！眞的沒有影子！」

大男孩看著廖該邊腳邊的地上光溜溜一片，眞是完全沒有陰影，不禁驚喜交集。

「這都是上帝您的恩典，那，我……我現在可以上天堂了嗎？」

廖該邊從驚駭中勉強湊出一個笑容。

「天堂？你是說那款網路遊戲？」大男孩失笑道。

「我……我是指……指您住的地方，那個審判後……好人住的地方……」廖該邊不解地說。

「啊？喔——你是說聖經上的天堂？我也不知道有沒有說，可能有吧，不過我還沒找到啦，但是你先別氣餒，做個好人總是不壞的，要是眞有天堂不就讓你就賺到了，嗯？」大男孩似乎胡言亂語。

廖該邊愈聽愈犯疑，忍不住低頭看看這位年輕上帝的腳下。

一條細長的影子緊緊地黏著這位大男孩。

「你騙我！你根本不是上帝！你……你有影子！」

廖該邊大怒，一把推開大男孩。

不料一離開男孩的手，廖該邊馬上又猛烈飛滾出去。

「別忙著滾！」

大男孩不等廖該邊跌落，敏捷地反手一抄，以驚奇的手法抓住廖該邊的腳踝，順勢甩著廖該邊的身體在半空中劃了一個大圓卸力後，終於令廖該邊安安穩穩地站在自己的

你騙我！你根本不是上帝！
你……
有影子！
哇啊啊！
別忙著滾！

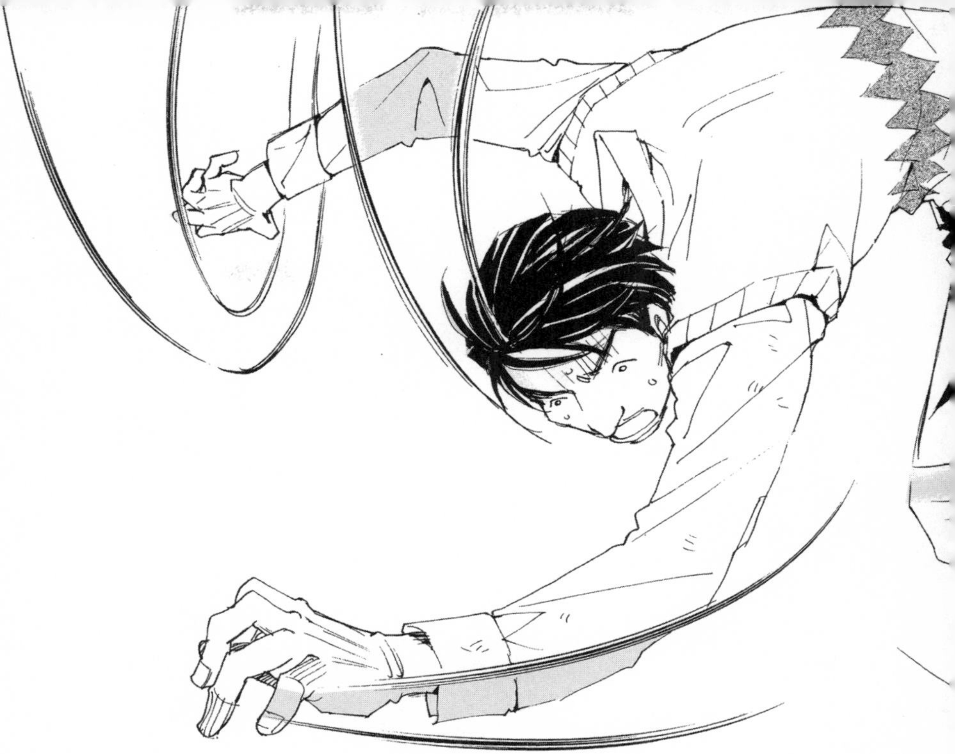

身旁。

　那大男孩唯恐這怪人又要來上一段血肉模糊的翻滾，右手用力地抓著廖該邊的手腕。

　這此起彼落間，大男孩雙腳甚至沒有移動半分。

「好厲害……」廖該邊心道。

　雖不信大男孩就是上帝，卻也暗暗感激他出手將自己飛滾的身體攔下。

「普普通通，別客氣。」大男孩說。

「你又聽見我心裡的話？」廖該邊感到詫異。

「嗯。」大男孩馬上又說：「你不要亂動，免得滾不完。觀眾散掉了，一個人瞎滾多沒意思，我們去教室走廊說話，我有話問你。」

「不行，我絕不在任何影子裡活動。」廖該邊堅持。

好不容易甩開了自己的影子，如果又將自己暴露在其他影子底下太久，說不定原罪又會亂七八糟長了回來，多不值得。

「你眞是怪人，好吧，你等我一下。」

大男孩拿起手機，撥給他弟弟說道：「我會晚很多才到，你們那個舍監有點怪怪的，我把他安頓好再去找你，你無聊就看看A片吧，嗯，嗯，好啦，我儘量快。」

「你弟是？」廖該邊問道，心想：眞正的上帝才不會有一個唸大學的弟弟。

「你應該認識，就是前幾天你問他有關影子問題的……」

「景耀？」

「嗯。」

「那你還說你是上帝？」

「算了，忘記那件事吧。」

「我以光明使徒的身分勸告你，不要妄冒上帝之名，以免墮入地獄的烈火……」

「嗯，那一定很痛。等等，我想問你有關斬斷影子的事。」

「可以，我是唯一沒有影子的人，跟你們這些凡夫俗子不一樣。」

廖該邊神色睥睨地說，似乎正自得意。

「雖然很厲害，我是說，連我都斬不斷影子，你卻能辦得到，眞是大大的了不起，但是……你這怪頭幹嘛劈掉自己的影子？」

「跟你說了你也劈不斷的，因爲我是上帝最虔誠的信徒，所以才能辦到。」

「拜託說一下啦！」

「呵，看在你誠懇的份上。」

這輩子從來沒有人「拜託」過廖該邊，於是他興致高昂地將自己辛苦研發出來的【影子原罪論】搬了出來，仔細地說給大男孩聽，完全忘記自己周身的擦傷與疼痛。

聽了十分鐘奇怪的宗教理論後，大男孩不僅沒露出厭煩的表情，甚至一臉的好奇，這點令廖該邊十分滿意，覺得這年輕人眞是殘而不廢，也頗有希望砍掉自己的影子。

在廖該邊滔滔不絕地演講時，他也注意到一個奇妙的現象。

方才停在大男孩鼻尖上的米色蝴蝶，這時竟在大男孩的左右耳間來回飛動，一會兒在右耳，一會兒又飛跳到左耳，好像跟男孩嬉戲般。

「你養的蝴蝶？」廖該邊忍不住打斷自己的演說。

「不是，她是我朋友，很好的朋友。」

大男孩露出天真浪漫的笑容，與他蓄滿鬍子的下巴形成有趣的對比。

「嗯，我說到哪裡了？啊對，所以我很生氣、但充滿虔誠信仰地一掌打向自己的影子，突然，上帝的光輝透過我的手，將我的原罪，也就是影子，用神聖的力量給洗清了，從此我就獲得天堂與永生的資格，一切大概就是如此。」

「你的說法很有趣，要不是我親眼看見你沒影子，我一定會覺得你腦袋有病，不過……」

「不過？」

「不過我瞧不出影子跟原罪有什麼關係，你想想，植物也有影子，但它有什麼罪？」

「嘿，你沒聽過有植物上天堂的吧？植物有影子，所以它上不了天堂，冰箱也有影子，所以也沒有冰箱上過天堂。話說回來，天堂也不需要冰箱。」

「所以，所有的東西都揹了原罪？」

「一定是如此，每個東西都有原罪，只是聖經忘記寫。」

「你真好玩。」

「總之，我現在的身分大不相同了，你若是跟在我身邊學習學習，我可以教你管理宿舍的技巧，也許有一天你也能跟我一樣，將罪惡與黑暗永遠擺脫。」

「那倒不必了，我覺得有影子沒什麼不好，雖然它也不見得有什麼大功用。」

「是一點功用也沒，你何必被黑暗拖住一輩子？不要繼續墮落了。」

「影子多少有點功用，至少，我現在有點熱，就想立刻去樹下休息，這就是影子的好處。」

「黑暗總是巧施恩惠，你何苦貪圖一時的涼爽，捨棄神聖的光明呢？」

「但也不必老是閃躲影子吧？這樣的人生有夠痛苦，最後多半會被曬死，要不就是神經兮兮死掉，何況，你難道還沒發現失去影子的副作用？」

「副作用？」

「就是一直滾啊滾的，像你現在一樣啊！」

「這跟影子有什麼關係？」

「這是我的猜想……你好像一站在陽光下，就會不停地摔倒，不是嗎？可是你剛剛還在教室走廊時卻一點事情也沒，我看多半是因爲走廊有影子的關係。」

「胡扯！」

廖該邊忿忿甩開大男孩的手，逕自走進陽光底。

這一步，又讓廖該邊狂亂地摔起來。

這次，大男孩沒有再拉住廖該邊，只是笑著站在旁邊，看著廖該邊跌回走廊的影子裡。

「這……這是……」

廖該邊驚疑不定地坐在地上，迷惘地抓著自己的頭髮。

他站了起來，活動活動筋骨，心想：「果然……我在影子裡面沒有跌倒，但一到陽光裡……我就……」

「驚訝嗎？我也很驚訝！整件事都令人驚訝極了！」大男孩興匆匆地

走進走廊。

「這怎麼可能？爲什麼沒有影子就會跌倒？」

廖該邊心頭有種說不出的害怕：「難道我一輩子都要在跌倒中度過嗎？我的人生就是不停地跌倒嗎？」

廖該邊彷彿看見自己的墓碑上的墓誌銘：「這個人一直跌個不停。」

背上全被冷汗浸透。

大男孩走過來，說：「你說說看，爲什麼沒有影子會跌倒？」

「我怎麼知道？說不定……說不定跌倒是件好事……」

廖該邊也知道此言說服力等於零。

「我想知道沒有影子有什麼感覺？例如，想跌倒的感覺？」大男孩認眞地問。

也許，這種奇怪的經歷只有這位大男孩願意傾聽。

沒有任何朋友的廖該邊彷彿抓到一絲希望，從他的身手跟讀心術來看，也許這個獨臂人不只是一個普通的聽眾。

「感覺……感覺很奇怪，好像踩在一個很大的圓球上面，而這個圓球又不停地轉動，甚至想將我甩出去的樣子……地面好像怪怪的！我就是被這種奇怪的感覺摔倒的。」

「地面怎樣怪法？」

「地面會動，我說了，就像滾動中的圓球一樣，我要是不踩著它往前進，就會滾下這顆圓球，一直滾滾滾滾……」

「那你爲什麼不試著保持平衡？馬戲團的小丑就是靠很好的平衡感才能踩著大球前進，你要不要試試看？」

「不要，這球滾得好厲害。」

「我會接住你。」

「你不知道我摔得多痛？!而且，我……我的平衡感也不好……」

廖該邊害怕地說。

「我剛剛不就接住你了？我想幫你忙，也很有興趣知道影子的祕密，我不會讓你在我眼前摔跤的。」大男孩信誓旦旦。

「我爲什麼要相信你？」廖該邊顫抖著說。

「因爲我是天生的英雄。」

大男孩篤定的眼神熠熠發光。

廖該邊深深吸了口氣，踏出走廊的影子。

果然，一踩到陽光，就像踩到抹油的香蕉皮，廖該邊倏然滑倒，向後直摔。

「他媽的。」大男孩失笑道。

幸好這次廖該邊不再摔跤。

大男孩不知什麼時候托住廖該邊的腰背，頂住不讓他後跌。

「再試一次吧，重心放低一點。」大男孩建議。

廖該邊勉力點點頭，像一流籃球後衛防守時般壓低身體。

慢慢前進，努力保持平衡感。

不料，才踏出一步，「腳下這球滾得眞快」的感覺又激烈衝擊著廖該邊。

他無法抗拒「從懸崖上掉落」的失衡感，身體又將滑倒。

「這也太絕了。」大男孩接住廖該邊說。

「我完全不懂……難道這就是沒有影子的結果？」廖該邊呆呆地看著自己的腳下。

大男孩沉思了好一會兒，說：「你喜歡看科幻懸疑的影集嗎？像X檔案那種？陰陽魔界？」

「那種怪力亂神的東西我從來不碰，我只喜歡看宗教佈道的節目。」廖該邊還在失神。只不過那些節目最近也不看了，因爲那些佈道的人都是拖著影子的假貨。

「讓我想想看，要是X檔案裡的穆德探員看到這種情形時，會怎麼想……」大男孩托著下巴思考。

「他是誰？」廖該邊問。

「你等一下，我打通電話問問看。」

大男孩拿出一個半張磁片大小的黑色小盒子，按下上面的白色按鈕。盒子「咚」一聲彈開，一根金屬小柱緩緩自盒底升起。

而小柱的頂端靜置了一顆隱隱發亮的金色小球。

「這是什麼？」廖該邊好奇地問道。

「我要打電話給我的外星人朋友，這東西很炫的，只是他們長得很醜，你還是轉過頭別看吧。」大男孩轉過身，似乎不想讓廖該邊看到盒子裡的祕密。

廖該邊只聽到大男孩說：「你們最近有沒有在搞切掉人類影子的遊戲？啊？眞的沒有？最好是沒有，要不然別怪我毀約。嗯，嗯，是嗎？那你幫我查一查有沒有關於人類影子的研究資料，有的話快點通知我，要是沒有，就立刻著手研究……嗯，找誰？就用台灣那個捲款潛逃的朱丸卿實驗吧，ＯＫ，再見。」

大男孩將盒子蓋上，轉身說：「這件事應該不是外星人幹的。」

廖該邊幾乎笑了出來：「你是不是瘋了？」

大男孩也不生氣，說：「你現在好像沒立場說這話吧？我們好好研究你爲什麼失去平衡感的原因才是正經，免得你摔壞腦袋。」

廖該邊說：「我也覺得奇怪，爲什麼我洗清了原罪後，反而一直跌倒？難道是上帝要我學耶穌受苦，以拯救世人的靈魂？」

「不會吧？我哪那麼殘忍？」大男孩噗嗤一笑。

大男孩拉著廖該邊走回陰影下，走到教室走廊佈告欄旁，撕下一角演講海報，蹲在地上畫圖。

廖該邊也好奇地蹲在旁邊，看看大男孩在畫些什麼。

紙片上畫著：

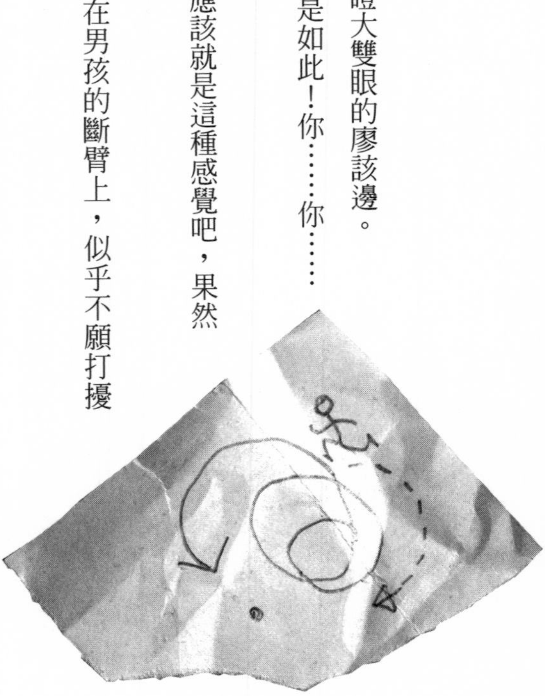

「是這種感覺嗎？」大男孩看著瞪大雙眼的廖該邊。

廖該邊頭點個不停，說道：「就是如此！你……你……你眞的能知道我心裡在想什麼？！」

「嗯，加上你剛剛的描述，我想應該就是這種感覺吧，果然……」

大男孩皺著眉頭，蝴蝶靜靜地停在男孩的斷臂上，似乎不願打擾他的思緒。

「果然什麼？」廖該邊艱難地問。

「影子應該不是你說的原罪，而是萬物平衡的裝置。」大男孩說。

但廖該邊從大男孩的眼中，可以看出他其實也懷疑著自己的推論。

「平衡？我國中老師告訴過我，我們平衡的東西，啊，器官，是耳朵裡面一塊圓圓的東西，一圈圈那個。」

「三小聽骨，前庭，半規管，你說的是這些吧。但是，動物要平衡，植物呢？」

「植物又不須要動，而且他們有那個叫根的東西，可以抓住自己啊。」

「呵，但也有可能是影子讓我們，也就是所有地球上的東西，都能牢牢站在地面上，好讓我們克服地球強大的滾動，而非像你剛剛那樣滾啊滾的。」

大男孩的眼珠靈動極了。

「不是已經有地心引力了嗎？」

廖該邊摸著頭問，他已經被這鬍子男孩給吸引住了。

「地心引力這東西的確是有的，但它只負責抓住我們，不負責使我們忘記地球的滾動。當然，這只是我的推測，目前為止最合理的推測。」

「…………………」

廖該邊以沉默示意鬍子男孩繼續說下去。

「你想想，地球雖然很大，但畢竟還是個圓球，光說我們人類就好，站在這顆每分每秒自轉、公轉個不停的圓球上，我們憑什麼不會跌來跌去？」

「會不會是因為地球實在太大了，所以我們……我們才會覺得地是平的？」

「不，地表再大都還是圓弧狀的，沒道理感覺不出來，只要有一點細微的感覺，就會像你剛剛那樣，覺得踩在一顆滾動的大球上；所以，目前的現象告訴我們，是影子幫我們解除這種失卻平衡的滾球感，使我們能平穩地行走。」

大男孩說完了，廖該邊的臉色也變了。

「胡扯！如果影子不是原罪的話，那麼我如何藉上帝的手劈斷它？！」廖該邊怒道。

「這點我也很好奇，你搞不好具有很厲害的超能力。」大男孩豎起大拇指。

廖該邊霍然站起，說道：「我沒有超能力，我只是遵從上帝的旨意，盡力贖罪罷了，我跟你的談話就此結束，雖然你滿腦子的奇異幻想有礙信仰，但是聖經告訴我們只要虔誠，不管早信還是晚信，主都一樣給予寬恕的，你還是早點受洗吧。」

大男孩聳聳肩，說：「好吧，那我也不管你了，不過我建議你天黑以後再走動，讓夜色或其他東西的影子一路保護你，免得你摔成白痴。還有，要是需要幫忙的話，就叫我弟找我，我對這件怪事的後續發展也很有興趣，掰掰。」

說完，大男孩站起來就走。

廖該邊只能直瞪眼，看著鬍子男孩漫步在和煦的陽光下。

「……………」

廖該邊遲疑地看著走廊外的陽光。

他慢慢地將左腳踏出去，輕輕踩在地上，然後鼓起勇氣跨出右腳一踏。

「哇！」一聲，整個人狂摔出去。

廖該邊試著抓住地表，身體卻彷彿抓不住一個搖晃厲害的大球一樣，不住地下滑，往下滾，滾個沒完，直到廖該邊撞進另一間教室的影子裡。

廖該邊擦去臉上的沙礫，看著手錶：「快四點了。」

初冬的太陽還要一個多小時才下山，廖該邊只好坐在影子裡沉思。

本來影子消失是他生命中最值得慶賀的一件事，但這個興奮的時刻只維持了兩秒，接著廖該邊就在打滾中度過他半個下午。

「難道眞像那個殘廢說的，影子不是原罪，而是幫助平衡的東西？不，我怎能懷疑自己的信仰？說不定這是神對我的考驗，祂要試試我夠不夠堅定，能不能繼續堅持擺脫黑暗的理想，是的，沒有別的原因了。」

廖該邊一咬牙，又想：「我不能再待在影子裡逃避試煉了，就算滾到死，我也不能跟黑暗共舞，黑暗裡的小恩小惠怎有死後天堂的極樂？」

想畢，廖該邊大叫一聲跳入夕陽的餘暉裡……

10

大男孩跟弟弟景耀站在男舍旁的路燈下，看著地上一個孤伶伶的影子。

「眞的假的，廖該邊老伯砍掉了自己的影子？」景耀啞然失笑。

地上的影子跪坐著，一動不動。

「你先不要告訴其他同學，我想，這件事還不會結束，那個舍監恐怕還要面對極爲可怕的未知，連我也想像不到的未知。」大男孩摸著下巴的鬍子說道。

「呵，連現任上帝也想像不到的未知，眞是可怕。」景耀笑著。

大男孩搭著景耀的肩膀，說：「現在帶我去認識吉六會吧，我想盡快先了解那件神祕案件的始末，走。」

景耀點點頭，說：「嗯，很多人，包括我，都曾親眼看過十幾個人甩著超長陰莖的畫面，這一定跟頂樓的隔離有關。哥，你要是早一個月趕到，也許師大就不會發生這麼恐怖的悲劇。」

大男孩也不假作謙虛，點頭默認，心想：「要不是正好遇到稀奇的狼人事件，我也不會在德國待那麼久，沒注意到台灣的新聞。」

蝴蝶振翅安慰大男孩。

兩人走了，只剩下孤單的影子被封印在路燈旁。

一個沒有主人的影子。

11

晚上七點半。

廖該邊一言不發地躺在管理員室裡，看著剛剛包紮好的傷口。

晚上八點半。

廖該邊一言不發地躺在管理員室裡，看著不久前包紮好的傷口。

晚上九點半。

廖該邊一言不發地躺在管理員室裡，看著許久前包紮好的傷口。

晚上十點半。

廖該邊一言不發地躺在管理員室裡，看著早已包紮好的傷口。

「咚咚咚咚……」

有人敲門。

「廖該邊老伯，二樓浴室電燈爛掉了，限你在十分鐘之內修好。」

一個學生探頭說完，立刻又關上門。

「我眞是窩囊。」

廖該邊所謂的窩囊，不是指被學生亂叫亂指揮，而是指他手上的五百萬大雨傘。

會在小小的室內撐起一把大傘的人不多。

廖該邊含著眼淚，痛苦地自言自語：「我果然禁不住黑暗的誘惑，我居然無法忍受不停翻滾的傷痛，我……我……從明天開始，一定勇敢地走在陽光下，一定……」

原來，廖該邊果然受不了天旋地轉的翻滾，在大樹的障蔽下躲到夜幕低垂，才潛入宿舍。

管理員室裡數十根蠟燭依舊輝煌，只是巨大雨傘下的陰影籠罩著廖該邊。

陰影下的人面目憔悴，毫無神采。

只因他親手拋下了自己的影子，卻無力承受解脫黑暗的光明。

他承受不了光明，於是他躲入另一個黑暗裡。

巨大的雨傘，不，應該說是巨大的陰影，與他之後長達半年的時光緊密相連。

這就是廖該邊始料未及的「光明」。

沒錯，往後的半年歲月裡，廖該邊一直拿著這把雨傘到處走動，雖然他偶爾也會試

著在陽光裡保持平衡，但在無數次的翻滾與頭破血流後，他總是會再度拾起那把黑色的大傘，將自己埋在無時無刻的影子裡。

在寢室裡巡視時撐著大傘，無疑引來許多訕笑與側目，但撐著雨傘在燈光充足的學校餐廳裡吃飯，更令教職員也懷疑廖該邊的精神不正常，每個人都與他愈來愈疏離，雖然廖該邊本來就沒有朋友。

但是，廖該邊絕不跟任何人提起自己沒有影子的事，因爲這會引起不必要的困擾，也不可能有人恭賀他掙脫原罪。最差的情況是，自己也許會被送到中研院解剖，而解剖多半很痛，那樣很不好。

廖該邊不是沒想過戴頂方便的大帽子替代大傘，但是他的心中開始害怕別人注意到他的與眾不同，害怕別人知曉他沒有影子，而帽子、大靴子的影子太小，走在陽光下一下子就會被發現沒有影子的事實……儘管這世界上會注意到別人有沒有影子的人，跟會在房子裡撐傘的人一樣稀少。

廖該邊雖然每晚禱告到深夜，懺悔錄也即將寫滿，但是他仍不免懷念起幫助他平衡的原罪。

他偶爾會蹲在宿舍旁的路燈下，看著自己的影子發呆。

影子依舊跪著，像是爲了什麼懺悔般跪著。

它不明白主人爲什麼將它斬離，自己卻躲進大傘的影子裡。

影子不明白，廖該邊也漸漸不明白。

曾經，廖該邊甚至趁著無人注意時，偷偷將自己的腳踏上影子的裂口，試圖將它「黏」回自己身上，當然，他失敗了。

強力膠、膠帶、口香糖，廖該邊都試過了。

影子總是孤伶伶地，一動不動，抗議著主人當初愚蠢的決定。

12

而今天，陽光普照的一天，正是廖該邊與影子分離的第一九四天。可怕的一天。

廖該邊從很遠的地方，就看見幾個施工工人在宿舍路燈旁準備動工。他連忙邊跑邊喊：「等等！！你們要做什麼？！」

「定期修檢排水工程，順便替換路磚。」為首的工頭滿不在乎地說。

「不行！你們去挖別的地方，路燈附近不行！」廖該邊喘吁吁地拿著雨傘。

工頭看著這個大白天撐著雨傘的怪人，怒道：「你是誰？」

「我是這棟宿舍的管理員，沒有我的允許不准挖這裡，你們去遠一點的地方檢修！」廖該邊堅持地說。

「拿去看。」工頭丟給廖該邊兩張紙。

是學校核發的排水系統修檢委託書、和路磚換新的工程得標證明。

「等一下！不能挖遠一點的地方嗎？去挖那裡！」廖該邊指著前方的磚地。

「囉唆，我們動作很快，不會吵到學生啦！你去做你的事。」工頭拿起奇怪的工程電鑽，就要指揮眾人將舊路磚鑽破。

「等一下，等……等一下，先不要急著挖！我去問一下學校，確認工程是管理員很重要的責任，而且，那個現在是午休，學生都要睡午覺，那個電視也說睡個午覺比較有精神上課，小學生都睡，大學生也應該睡，你都沒看電視嗎？你不能現在挖，等一個小時後上課了才能挖。」廖該邊看著路燈下的影子慌張道。

「哪有人像你這麼囉唆的？」工頭不耐地說。

「那個學生的權益很重要，我們要好好愛護學生。」廖該邊語無倫次地說。

廖該邊害怕路磚翻新，會連累自己的影子也被敲成一塊塊碎片。

雖然原罪就是原罪，是種很嚴重的罪，嚴重到無法上天堂的罪，但廖該邊此刻竟然極度不願影子從此跟自己分離，連忙阻止工程的進行。

這時，其他的工人順著廖該邊的視線，發現了地上的影子。

「咦？這黑黑的東西好像人的形狀。」一個高大的工人奇道。

「對耶，還跪著，好像藝術品。」另一個黝黑的工人也說。

「塗不掉說。」有個工人用鞋底刮著地磚。

「好像人的影子。」工頭不經意地瞥了一眼。

廖該邊一驚，以爲祕密即將被揭發，冷汗直墮，雨傘竟不小心落下。

那一瞬間，廖該邊就在工人們的大叫聲中飛了出去。

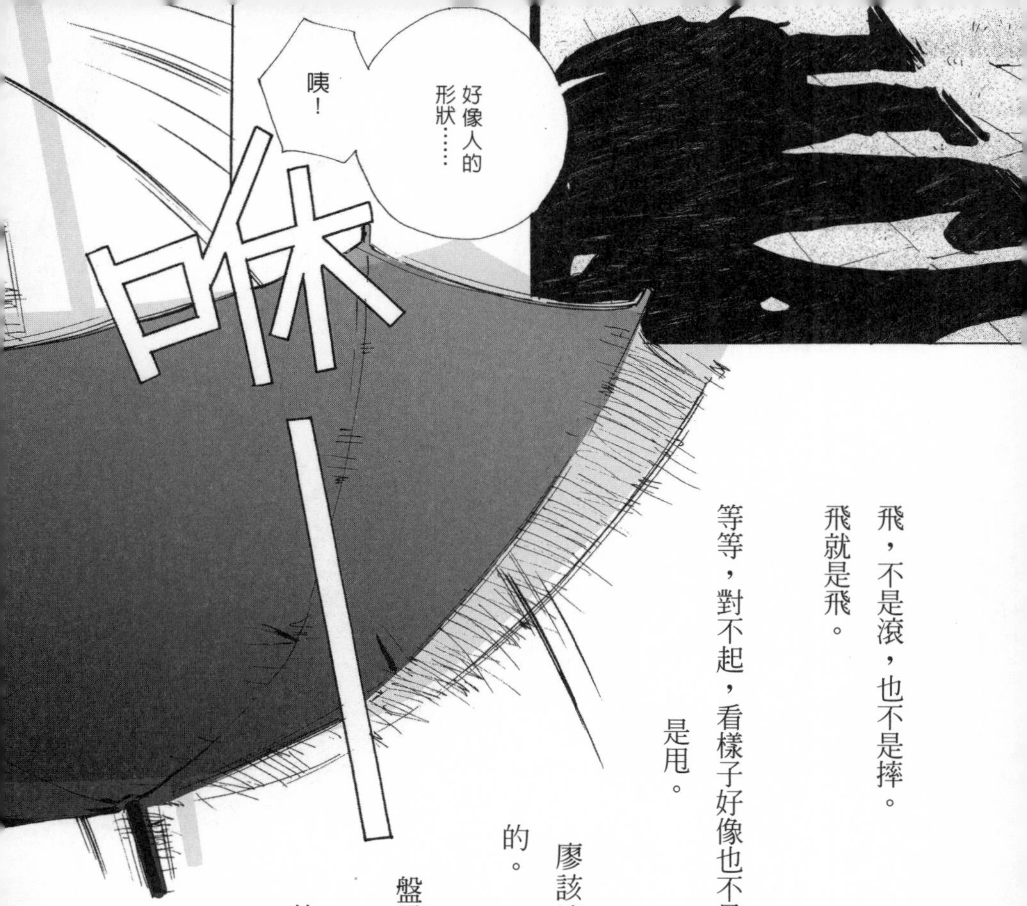

飛，不是滾，也不是摔。

飛就是飛。

等等，對不起，看樣子好像也不是飛。

是甩。

廖該邊是被一股無形的力量給甩出去的。

就像飛盤一樣，飛盤不是會飛的盤子，它只是被人甩出去罷了。

廖該邊雖然身體凌空逸去，但就如同飛盤，他是給一股巨力甩盪出去的。

工人驚叫著，試圖追趕在空中翻滾的廖該邊。

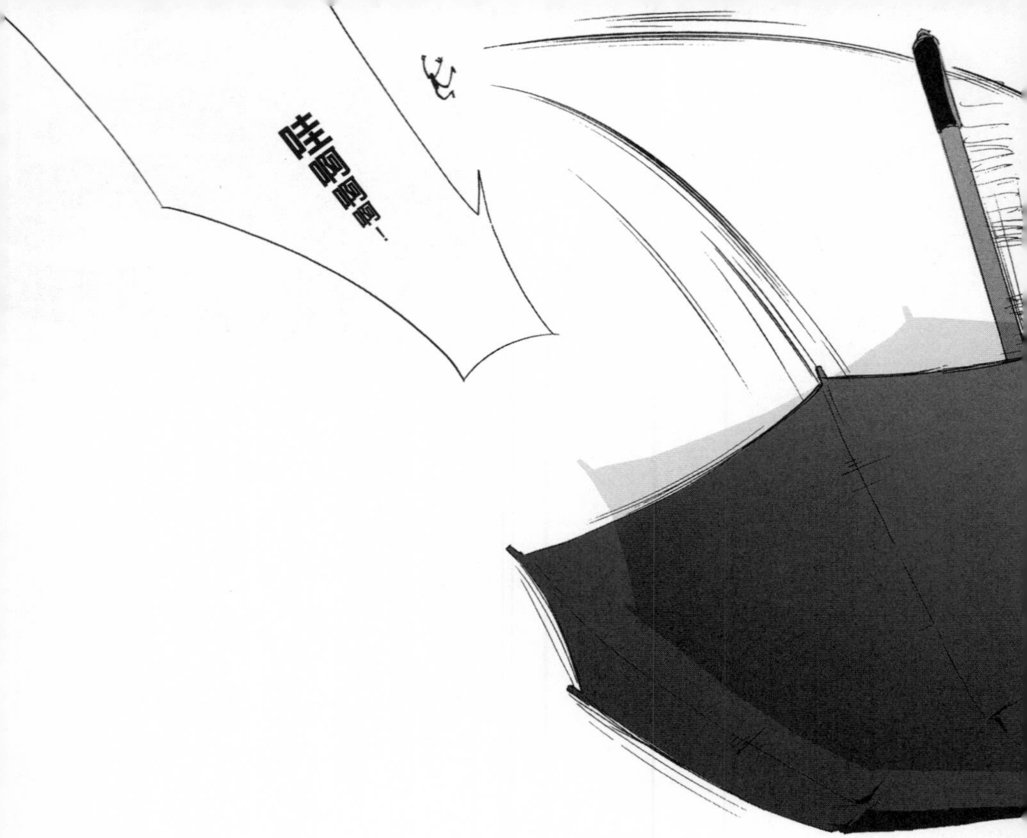

　　工頭甚至跳進小卡車在後面追著疾呼，但眾人最後都眼睜睜地看著廖該邊往遙遠的天空「逃逸無蹤」，化成一個慘叫的黑點。

　　工人看著地上的雨傘喃喃自語。

「活見鬼了。」

13

天空。

廖該邊周身是風，耀眼的陽光照在他蒼白的臉孔上。

空氣越來越冷，不知身在幾百幾千公尺高空的廖該邊無助地翻滾著，一滾要比一滾高。

「這又是什麼怪事？」他心想，卻叫喊不出聲音來。

高空中的壓力令他連呼吸都很困難，而可怕的風速使他只能約略瞇瞇眼。

「我會這樣死掉嗎？」

這個問題簡直是多餘的，連他自己都覺得好笑，雖然他一笑也沒笑。

「沒想到普通的翻滾竟變成拔地沖天……」

廖該邊覺得頭好暈，特暈，狂暈，滾得簡直快將自己的頭甩掉似地。

「咻——」

一架小型國內班機居然在離廖該邊不到十公尺的地方呼嘯而過。

機翼颳起的巨風將廖該邊吹落了不少高度，也嚇醒了昏沉沉的廖該邊。

廖該邊被飛機的巨響嚇得閃尿，腦袋也清醒了不少，於是將身體縮成一團，讓自己不要在空中滾得太厲害。

這時，較爲平穩的姿勢使他突然想起一件很重要的事。

「是什麼力量將我甩到這麼高的天空來？難道是上帝？」

「對呀！我知道了！是上帝啊！我將原罪剷除後，上帝便一直想用神奇的力量帶領我到天堂，但我卻白痴地躲在大傘下的黑暗裡，所以遲遲上不了天堂，現在一定是上帝要將我送到天堂的時辰到了。」

「我的天！我不是正往越來越高的地方翻去嗎？那麼高，一定就是天堂的方向了！哈哈哈哈哈……啊！不行，我之前太膽小了，居然因爲怕痛就放棄陽光，上帝還肯接納我，我一定要表現得更虔誠，免得上帝臨時反悔。」

「不、不、不，這樣想眞是太失敬了，上帝一諾千金，您說是不是啊上帝？！」

於是，在不斷的翻滾中，廖該邊開始歡然祈求上帝：

「我全能的主，萬能的上帝，請將我引領到喜樂的天堂，讓我親吻您的腳趾！」

這時，廖該邊的瞇瞇眼看見遠方的上空飄著一大塊烏雲。

「不會吧——」廖該邊心中慘叫。

廖該邊說不會，就偏偏是會。

中國人喜歡把這種事情叫作「命」或是「幹」。

橫衝直撞的廖該邊果然一頭撞進了烏雲的陰影底，就像玩六福村的遊樂器材「大怒神」一樣，無法張口慘叫就被強大的地心引力給拉下。

下墜

下墜

下墜

下墜

是什麼力量把
我甩到這麼高
的天空來？

B-22810
咻
我知道了！
是上帝啊！
哈哈哈！
咦？！
烏雲！
不會吧！

上帝救救我！

「我——差——點——就——到——天——堂——了——上——帝——救——救——我——」

這也許是廖該邊心裡最後吐出的一句話。

「你真是太絕了。」

一個似曾相識的聲音。

廖該邊發現自己被「一隻手」抱住。

那「一隻手」的主人正咧嘴嘻笑著。

頑皮的雙眼，蓄滿下巴的鬍子，還有一隻米色蝴蝶停在他的鼻尖上。

沒有人見過這獨臂男孩後，還能夠忘記他的。

「爲什麼你會在這裡？」

良久，廖該邊定了神，好不容易才吐出這句話。

「這句話拿來問你自己比較合適吧？」

鬍子男孩笑著，也是一臉的驚訝。

「我……我……我剛剛莫名其妙飛……飛……不，剛剛上帝要將我接到天堂時，卻碰上這一大片烏雲，所以我才掉了下來。」

「等一下，你不要慌張，我不會讓你掉下去的，看著我的眼睛，讓我讀讀你心裡的話，讀讀我們分開這半年來，你所發生的一切。」

廖該邊不解地看著大男孩，這時他注意到蝴蝶的不尋常。

在這氣流強大的高空，這隻蝴蝶怎麼飛得如此平穩，牠當初又怎麼飛上來的？

大男孩凝視著廖該邊的雙眼一會兒，大感驚訝地說：「你這半年來，連洗澡都撐著雨傘？這樣的日子你居然能夠不自殺，眞了不起。」

廖該邊看著腳下的浮雲，顫抖地說：「因爲基督徒不能自殺，自殺只會加深自己的罪惡。等等，你怎麼知道我的事？啊，我忘了你會讀心術。」

大男孩點點頭：「我也不喜歡自殺，畢竟活著總是存有希望。嗯，我已經知道你爲什麼會出現在這裡了，我畫圖給你看吧，呵，記得我以前也畫過圖給你看過。」

大男孩唯一的手臂托住了廖該邊，根本騰不出手畫畫。

但他的雙睛突然綻放一抹極爲動人的神采，接著，腳下的大塊浮雲登時破散。

雲氣流竄四射，快速地在半空中縱橫疾奔。

不到兩秒，一幅用雲氣交織構成的圖畫，便在腳下的空中壯麗呈現。

廖該邊驚得呆了，完全被這奇景給震懾住，居然一直忘記「為何這大男孩能浮在空中」也是件神奇的事情。

「我想，你的情形就像這幅圖畫的，你的影子離開你的身體太久，導致你的平衡感愈來愈差，不只感覺地球在滾動，還漸漸無法對抗地球的自轉與公轉的轉速，結果就像現在一樣，被地球的強大離心力拋棄，剛剛幾乎摔死在這團烏雲底。」

大男孩解釋著雲氣圖。

「那……那地心引力跑哪去了？原罪呢？天堂呢？我剛剛不是快到天堂了？」

廖該邊低聲嘶吼著。

「地心引力的公式搞不好要配合影子才能成立，我可以保證，牛頓和一堆科學家當初在計算推導地心引力的公式時，絕對沒料到影子也是萬物得以根存世界的關鍵。」大男孩笑著說。

「你……你根本……」

廖該邊原本想脫口大罵大男孩一派胡言，但看見自己能凌空懸著，全都靠這大男孩奇妙的力量，也許這大男孩的來歷很不簡單。

而且，他的推論都有鐵錚錚事實根據。

「我的來歷不會很不簡單，我說過了，我是景耀的哥哥，不過我可以告訴你，這個世界並沒有你所說的上帝……嗯，至少現在沒有，要是有，那一定就是我，我可以說是實習中的上帝，也是唯一現任的上帝，不過我也沒多了不起。至少，說來也好笑，我也不知道有沒有天堂。也許眞如你所相信的，天堂的確存在世界某個奇妙的角落，但我跟你保證，你這樣被地球用力甩盪著，只會被甩到外太空，不會甩到任何一個跟天堂有關的地方。」

大男孩又讀出廖該邊的心語，令廖該邊啞口無言。

「好高。」

廖該邊垂著頭，害怕地吐出這句話。

「這麼高的確不好說話，我們下去吧。」大男孩遲疑了一會，又說道：「說來很奇怪，像這樣人人害怕的高空經驗，卻有人從小嚮往著，嗯，怪怪，走，我們下去吧，找一個人煙稀少的地方降落，以免嚇到別人。」

大男孩嘴巴張開，任那蝴蝶飛進他的嘴裡。

嘴巴一閉上，男孩就這樣將蝴蝶保護著，抓著廖該邊往下斜墮。

廖該邊並沒有感到任何不舒服或壓迫感，因爲大男孩在空中滑行的速度並非很快，只是風力仍舊太強，廖該邊還是睜不開眼。

就這樣往下滑行了幾分鐘後，大男孩的速度倏然加快。

一瞬間兩人都已平穩著地，快到廖該邊連不舒服的機會都沒有。

「因爲太靠近地面容易被飛碟迷發現，只好加速。」

大男孩解釋道，而蝴蝶就從他的嘴裡振翅飛出。

廖該邊環視了周遭，發現這裡是政大後山，而體貼的大男孩還刻意降落在樹影密佈的角落，免得他又被地球狠狠拋棄。

「對了……你……你爲什麼會在上面？」

廖該邊指著天空，他終於想起這件奇怪的事。

「我正好在那架從你身邊飛過的班機上，這是你的運氣。」大男孩說。

「啊？那你是怎麼從飛機出來的？」廖該邊張大著嘴問道。

「現任上帝自有兩把刷子。」大男孩聳聳肩，說：「擔心一下自己的事吧，你往後的日子怎麼辦？難道像吸血鬼一樣，只能在晚上行動？還是整天像神經病一樣撐著雨傘？」

廖該邊默然不語。

他知道，他這輩子都將活在永遠的黑暗裡萬劫不復。

光明已成爲遙遠的記憶，聖經裡的傳說。

一個憎恨黑暗的信徒，居然被迫與黑暗共處一生。

大男孩讀出廖該邊的痛苦，也嘆了口氣。

14

「我還有事必須先回飛機了，你慢慢思考吧，不過，我倒建議你換個方向想想，其實黑暗不見得是邪惡的象徵，也不是缺乏光明的狀態，當你拿著手電筒照著自己的臉時，你會發現你的臉輪廓好清晰好亮，但是你卻沒注意那種清晰其實是五官的陰影塑造的。」大男孩說。

「你是說黑暗很好？」廖該邊眼神空洞。

「沒什麼不好，至少不需要恨它，尤其是自己的影子。」大男孩又說道：「也許影子比狗還忠心，是萬物共同的朋友。」

「爲什麼這樣說？」

「我沒有聽說過有哪個影子拋下主人不顧的，就連你，也是你不要影子的，而不是它不要你。」

「影子？朋友？忠心？沒必要扯那麼遠吧，我倒眞沒想到影子這麼髒的東西，竟是控制平衡的東西，要不然我也不會那麼想擺脫它，現在也不會弄成地球一天到晚都想除

掉我的局面，但要因此說影子是朋友，也未免太可笑。」

「你還是不懂嗎？影子不全然是自私的平衡裝置，還是地球上最可愛的黑暗，是最無私的分享，這也許才是地球想拋棄你的眞正理由——因爲你太自私了，居然想斬斷最善良的自己，以追求一個人的救贖。我要是地球，也照樣把你摔得稀巴爛。」

大男孩看見廖該邊對黑暗的唾棄態度，終於生了點怒氣。

「影子哪有什麼可愛的地方？」廖該邊不以爲然地說。

大男孩指著地上的樹影，說：「首先，你現在沒被地球甩出去，全靠這些樹影無私的包容，再來，影子不是屬於自己的，而是屬於其他萬物的，像樹影，沒有一棵樹曾被它自己的影子遮蔽保護，

但人類卻因爲任何一個樹影免於日曬之苦，不只人類如此，那兩條正在納涼的小狗也承樹影之惠，這就是影子可愛的地方。」

的確有兩條狗趴在一棵大樹下搖尾乘涼。

廖該邊駁斥道：「就算樹影有用，就算它可愛吧！但人影呢？不過是自私自利的平衡裝置罷了，有什麼可愛的地方？還有，要是影子眞那麼可愛，上帝，我是說眞正的上帝，而不是你這個怪傢伙，眞正的上帝根本不會有影子，因爲他根本就不需要。」

大男孩沉默了。

他的沉默不是因爲無力反駁，而是感嘆眼前這個男人死不覺悟的私心。

這個男人僅僅以工具的角度思考每一件事，認爲「萬物之所以存在，必是爲其所用」，大男孩眞想給他一拳。

「你忘了螞蟻昆蟲，甚至家裡的小狗了嗎？人的影子可以照顧他們，使它們免受陽光曝曬，就如同大象的影子可以照顧我們一樣；只要能進到影子裡，不管是屬於誰的影子，都會無私地照顧需要影子的人，就像現在的你，不管你多麼憎恨黑暗，只要你願意，這些樹影都會無條件地保護你，爲你承受地球可怕的滾動；最後我想說的是，要是這宇宙眞存在著全知全能的偉大神明，我相信，就同你畢生堅信的，光明的榮耀的確是屬於上帝的權柄，但黑夜呢？黑夜一定就是上帝無私的影子，上帝總是用他的影子保護著半邊地球，使其免受太過激烈的日曬，所以，上帝的確不需要影子，但祂的影子卻是為我們而存在的，每個人的影子都是。」

大男孩沒再多說一個字，只是張開嘴巴，含著蝴蝶騰空逸去。

看著天空中迅速移動的黑點，廖該邊含著熱淚地坐倒在大樹的影子裡。

「那天堂呢？我所追求的天堂呢？」

廖該邊坐在樹影裡喃喃自語。

「天堂？沒有這種地方，至少我還沒發現天堂的存在，但是我從你的記憶裡發現，你追求的是一個人的天堂，你的寬恕只用在自己身上，你崇仰的上帝只是掌管天堂鑰匙的管理員……一個專門替你個人保管鑰匙的管理員；你想想看，天堂要是真的存在，一定是間超大的百星級旅館，而上帝會將鑰匙交給你嗎？上帝會將鑰匙交給一個只願意、也只能夠住單人房的你嗎？」

大男孩的聲音，不，不是聲音，而是一種思想的奇妙感覺，突然灌進廖該邊的腦中。

「那現在該怎麼辦？沒有天堂怎麼辦……」廖該邊抓著自己亂糟糟的頭髮。

「沒有天堂最好，省得你絞盡腦汁、費心費力地想進去，不過，我也願意相信天堂的確存在這世界上，是個最最快樂的地方。也因爲它是個最最快樂的地方，所以天堂絕不會冷冷清清的，一定到處都是人聲歡笑，各種動植物都在裡面，也許也會有冰箱，雖然冰箱也有影子；既然天堂那麼快樂，也就沒有所謂個人的救贖，你問問你自己：你一個人住天堂會快樂嗎？」

「不會。」

廖該邊痛苦地說，尤其當是他想到他不知道能與誰共歡樂時，痛苦就更深了。

「所以，放棄尋找天堂吧，因為即使全世界就你沒有影子，因而飛到了天堂，你一個人到了那兒，也不會開心的；我保證，要是我找到了天堂，我一定會告訴你。」大男孩溫暖的「聲音」在廖該邊腦中播放著。

「謝謝，我想……不必了……」

廖該邊想到這些年來的神經緊繃，還有他所放棄的快樂，他頓時難過地啜泣。

「不需要哭，你可以從現在起開始尋求心靈上的天堂，也就是你能摸到、感觸到的歡笑，不必將希望寄託在虛無飄渺的神話，你想想，要是沒有神話中的天堂，你這一生不就白白浪費掉了嗎？先找到人間天堂吧，再見，我的朋友。」

大男孩的「聲音」停止了。

廖該邊坐臥在樹影裡，看著對面的兩隻小狗，眼淚不停流下。

廖該邊沒有拭淚，因爲他突然覺得，這樣放縱性情實在是種享受。

他已經有好久好久沒有這樣哭過。

他自始至終都不知道這個神奇獨臂人的身分。

只知道，這個獨臂人是景耀的哥哥，一個自稱上帝的大男孩。

廖該邊此時的熱淚告訴他自己，多年來他所汲汲追求的靈魂救贖，竟存在於他瘋狂擺脫的黑暗裡面。

這不是諷刺，而是深沉的悲哀與感動。

黑暗裡藏著最動人的靈魂。

無私的靈魂。

那才是最後的天堂，因為天堂不是單人房。

廖該邊走在接連綿密的樹影下，循路走回遙遠的師大。

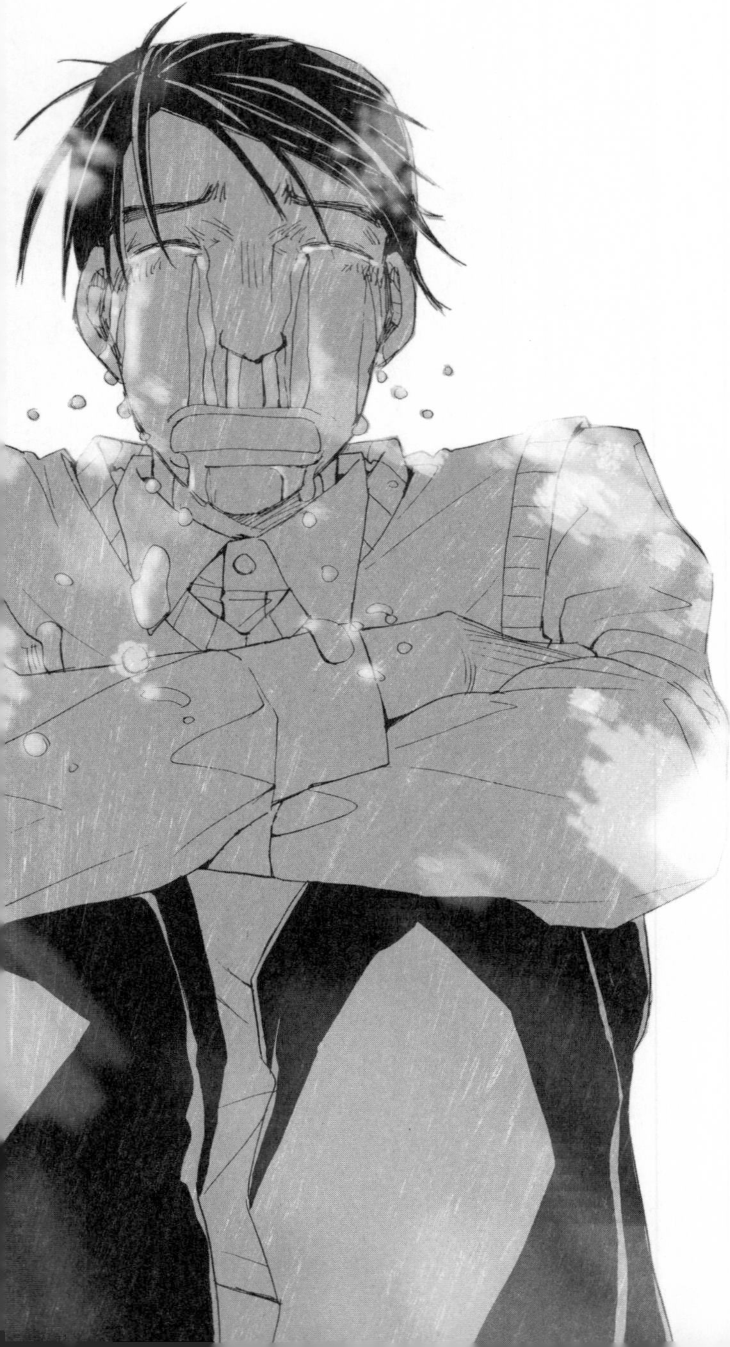

一路上，他都踩著影子前進。

大廈的影子，騎樓的影子，還有，行人的影子。

每個影子都無私地支援廖該邊的腳步，幫助他不受地球滾動的傷害，使他免於被世界拋棄的命運。

廖該邊一邊走著，一邊任眼淚泫然泣下。

他認識到的，絕不只是「影子很重要，所以我們要善待影子」，而是眞正地爲自己好幾年來披荊斬棘、以最自私的心態、追求根本就不存在的虛幻天堂的一切，徹底反省。

從黑暗裡認識光明，這是他新學會的懺悔。

遺憾的是，廖該邊回到師大時，已經是夜晚了。

他走到宿舍旁的路燈下，看著新鋪好的地磚，而自己忠心的影子卻不復在了。

一想到自己失卻萬物共有的善良黑暗，廖該邊只能搖搖頭，拖著疲憊的腳步走進管理員室。

現在是晚上九點半，讓我們進去看看管理員室。
男舍舍監廖該邊，現在是滿臉的淚水與歡笑。
因爲管理員室的地上，堆著一疊整齊的舊地磚，地磚上留著一張簡單的紙條：

有影子，還不壞，嗯？
PS：欠我一份人情，有欠有還，再借不難？

by上帝

廖該邊摸著陳舊地磚上的影子，期待夠資格與它重逢的日子。
在那之前，他也會愉快地撐著大傘，接受各方影子的熱情贊助。
當然，最高興的莫過於男舍上千位同學了，因爲他們的舍監不想上天堂了。
或者該說，那位舍監不再一天到晚想衝到天堂裡劃位了，而一個上不上天堂都無所謂的舍監，也就自然嚴格不起來，至少，公佈欄上的海報與傳單完整無缺多了，公用報紙也不再支離破碎，愚蠢的「聖經教義快問快答」也無限期停辦。

顯然這位死板的宗教狂舍監，已經開始欣賞這些住宿生。

不，是欣賞這個世界亂七八糟中可愛的一面。

甚至聽說，舍監廖該邊偶爾還會跟學生打上一夜的麻將，而他也開始上色情網站尋求超級貧乏的知識。

對了，上個月廖該邊跑去參加什麼的黑暗聚會，還喜歡上裡面一個褐紅長髮的美女。

唯一不變的是，吉六會跟該邊伯伯的戰爭似乎永無休止。

……嗯，畢竟廖該邊不是聖人，而吉六會裡更不可能有聖人。

凡事無須強求，不是嗎？

「廖該邊老伯，有人在三樓的浴室裡大便，限你五分鐘之內去把它吃掉。」

吉六會會長摸著拉了一天的肚子，在走廊的一頭大喊。

「幹，一定是你們大的！」廖該邊大罵。

學會罵粗話了的舍監，眞適合作爲故事的美好結尾，但是……

任誰都想像不到的是，未來這個舍監雖然一直沒有上過天堂，卻在多年以後成了上帝的異能夥伴。

啊？嘴巴張得這麼大做啥？

這是另一個故事了。

大哥大

「最平凡的人也有機會改變世界。
——如果你不計較自己扮演的角色的話。」

實際上並不存在的英國作家，阿茲克卡

01

醫院的消毒水氣味很少有人喜歡。

若非逼不得已，梅芳也不想硬拖著舒可來看精神科。

或許由於是精神科的關係吧，設備特別人性化，看診室外面的沙發很大很軟，整個人一坐下就陷了進去，想不放鬆都難。

「是吧？我跟你說很扯了吧？現在哪有人會因爲講太久的手機被當成神經病，總之就是我朋友自己太緊張，神經兮兮的，硬把我拖來這裡。不會，我是沒有生氣，只是覺得浪費時間而已……嘻嘻，謝謝啦，那你有空再打給我吧，沒時間的話就傳個簡訊吧，掰掰。」

「就梅芳啊，妳也見過的，瘦瘦高高的、頭髮長長的，對，有點挑染的那個，就是她發神經把我拖到醫院看精神科的。哈哈，被妳猜對了，她硬說我整天講手機講到走火入魔，會不會太誇張？」

「喂，阿嚕，妳猜猜看我現在人在哪裡？錯！不是。錯！不是。我人在醫院啦，跟妳說喔有點丟臉又有點酷炫，我等一下要去看精神科，精神科耶！哈哈哈哈笑屁啦！頭一次被當成神經病，有點緊張耶！」

「錯！答案是——我王舒可啦，夠呦，雖然我們才見過一次面，但我有這麼沒存在感嗎？反正重點是我跟你說喔，超離奇的，我現在人在醫院要等看病，你猜猜看，我看的是哪一科？」

舒可的左手半摀著電話，嘴裡嘰嘰喳喳，才一掛完就又打給下一個朋友報告自己正要去看精神科醫生，遇到正好有話聊的人就多說幾句，遇到正在忙或假裝在忙的朋友就少說幾句。

梅芳蹺著腿，翻著美妝雜誌，時不時沒好氣地瞪著瞎聊手機的舒可。

「妳在搞什麼啊？我可是特地請半天假押妳來的耶。」梅芳眞想捲起雜誌敲舒可的頭，把她從發燙的手機旁敲醒。

不知不覺，舒可手機通訊錄裡的名字，都快打了三分之一。

喉嚨終於有點不舒服，舒可不再打電話，安安靜靜地玩著手機上的遊戲。

先是俄羅斯方塊，再來是網球，再來是麻將，前後加起來不到五分鐘舒可就膩了，

於是舒可開始用手機上網，到手機遊戲的專屬網站上去研究看看還有哪些小遊戲可以打

發時間。

好多遊戲都玩過了喔……能下載的幾乎都下載完了，還是去手機聊天室晃晃？

突然間，舒可像是下定決心似地，手指在按鍵上飛點，瞬間退出手機網路，再度進入通話功能裡的已撥號碼裡，往下、往下、往下……按下通話鍵。

梅芳的手機響了，鈴聲是阿姆的新歌。

「喂，梅芳嗎？」舒可壓低聲音。

「……」梅芳聽著電話，翻了一個白眼。

「等——好——久——喔，今天眞的要看醫生嗎？不如等一下我們去逛街吧？」

「……」梅芳冷冷地說：「有人明明坐得這麼近，卻還硬要打手機聊天，妳說，比起逛街，這樣的人是不是比較適合給醫生看一下？」

舒可吐吐舌頭，卻沒有掛掉手機：「哈哈，別生氣啦，我只是想說，反正手機的通話費率被我設定成吃到飽，講多久都是同一個價，不多講一點很吃虧的耶。」

「王舒可！妳眞的有毛病！」

梅芳立刻按掉自己手中的手機，也伸手過去將比舒可的命還珍貴的手機給搶了過來，按下電源鍵強迫關機。

「喂！妳有點過分喔！」舒可皺眉。

手機被搶，這個小正妹眞的怒了。

「等妳乖乖吃藥、病都好了後我再跟妳說對不起。現在妳少來！」

梅芳不買帳，繼續看她的美妝雜誌。

「還來！」

「偏不。」

「我認眞的，林梅芳小姐，我袋子裡還有很多手機，妳要

就自己挑一支去玩。我自己那支是最新款的，我立刻就要。」

「等妳看完醫生我就還妳。」

正當兩女即將展開一場激烈的手機爭奪戰，櫃台上的掛號跑馬燈閃爍著「072」。

把一切都看在眼裡的護士對著麥克風說：「零七二號的病人請到看診室，零七二號的病人請到看診室。」

梅芳霍然站起，拉著舒可的手朝看診室裡走去。

02

「請坐。」

這醫生很年輕，肯定還不到三十五歲，鬍子刮得乾乾淨淨的像個模範生。有點帥，戴著一副中規中矩的咖啡色皮質眼鏡，看病人就診紀錄時的樣子很專注，專注到不像一個身經百戰的老手——這第一印象讓梅芳有點沒信心。

當初是用醫院的網路掛號系統隨便幫舒可掛的精神科，至於誰看都無所謂，反正一定會認同梅芳想對舒可所說的話：「不要那麼依賴手機！」

半分鐘後，年輕的醫生總算當著她們的面看完了就診紀錄。

他抬起頭，微笑道：「請問誰是王舒可小姐？」

梅芳指著舒可，舒可滿不在乎地點點頭。

「今天來掛精神科，請問是哪裡感覺不舒服？」年輕的醫生稀鬆平常地開場。

「她整天講手機，一直講手機，連我在旁邊她要跟我講話也要打手機，簡單說問題就是這樣。」梅芳劈里啪啦說明了來意：「我在網路上研究過，這個就叫作手機依存症，或手機成癮症候群。」

舒可臉紅了。

年輕的醫生沒說是、也沒說不是，只是看著臉紅的舒可問：「妳是這樣的嗎？一直講手機？」

舒可艱難地點點頭，表情好像不是那麼服氣：「我是眞的很喜歡講手機，但應該沒有資格得那種什麼依存、還是什麼成癮的病吧？」

「怎麼說呢？」

「如果我有病，我應該有生病的感覺啊，可我又沒有。我覺得都很正常啊！」

梅芳忍不住插嘴：「才不正常。」

年輕的醫生哈哈笑了出來，說：「病人通常不會覺得自己生病了……這是我們精神科病人的共同點喔。所以妳要說妳沒病，還得多講一點說服我囉。」

舒可立刻說：「現在的世界本來就是越來越多人在用手機啊，聊天，傳簡訊，玩遊戲，看e-mail收信、拍照、聽音樂，我自己就在通訊行上班，用手機的頻率比別人多一點，根本不用大驚小怪好不好！」

一旁的梅芳嘖嘖道：「她可是爲了用員工身分買新機型可以打折扣，才乾脆跑到通訊行上班的耶，結果竟然買了更多新手機，一點都不懂得節制。醫生，你說，有人不到一個月就換一支新手機的嗎？」

「是這樣的嗎？」年輕的醫生笑笑，等著舒可辯解。

「拜託！員工折扣眞的很吸引人耶，加上通訊行本身的待遇不錯啊，當然要去那裡上班。醫生，你要買手機的話，我可以幫你用員工價幫你買喔，再加給我幾百塊就好了！」舒可辯解的樣子氣定神閒，好像道理眞的站在她那邊似地。

年輕的醫生嘖嘖說道：「我啊，上一次換手機已經是一年半前了。」

說著，他從抽屜裡拿出一支NOKIA藍色手機。

舒可一眼就認出來那支手機的型號，驚呼：「天啊，竟然沒有照相功能，你這種手機已經是古董了！」

「等等，你竟然是從抽屜裡拿出手機的，好怪喔，手機不就是應該放在身上的嗎？」

「我人在醫院看病啊，如果家人朋友還是同事有事找我，他們就會打室內電話給我，不會打手機。如果眞的打手機，我放在抽屜裡，一樣可以聽得到鈴聲啊。」年輕的醫生很有耐心地解釋。

對他來說，這樣的對話恰恰好也是醫療行爲的一部分。

「但……如果你去上廁所怎麼辦？」

「漏接一、兩通電話也不是什麼大不了的事，等到我回到座位，再回撥給對方不就行了？」年輕的醫生滿不在乎地笑笑。

「要是對方有十萬火急的事呢？」

「我去上個洗手間，再去醫院樓下的福利社買個飲料，加起來不會超過十五分鐘，以機率來看，一天總共有……」年輕的醫生拿起計算機，按了按，繼續說：「一天總共有九十六個十五分鐘，不小心錯過其中的一個，應該不要緊。況且如果眞的是十萬火急的事，對方也會一直打，如果沒有繼續打，十五分鐘後我慢條斯理回到房間，再回撥給對方，處理也應該來得及吧。」

舒可目瞪口呆。

這個醫生看起來年紀絕對不會超過三十五歲，說不定連三十歲都不到，怎麼思想跟一個五十三歲的老頭同一個層次呢？

手機這麼好用的東西之所以會被發明出來，就是明擺著要人隨身攜帶用的。

手機這麼好用的東西之所以越做越小，不就是爲了讓人越容易塞在口袋裡嗎。不行，應該看精神科的不是她，而是穿著白色醫生服的這個人啊！

「那照相功能呢？」舒可鍥而不捨。

「我有數位相機了啊，還是專業的單眼數位相機，那樣拍起來才好看嘛。」

「你隨身都帶著單眼相機嗎？」

「太大台囉，不可能做到這樣吧。」

「這就對啦，你沒有把數位相機帶在身邊，又偏偏正好有想拍下來的東西怎麼辦？例如一個很可愛的小孩在馬路邊吃冰淇淋、吃得滿臉都是很可愛，怎麼辦？」

「那也是沒辦法的事。」年輕的醫生聳聳肩，兩手一攤。

「什麼沒辦法？明明就可以避免的啊，只要你有一台附加拍照功能的手機，完全不會錯過生命中任何一個珍貴的鏡頭啊！而且重點是——現在拍照功能已經是每一台手機的標準配備了，一點都不貴啊！」

「是嗎？一點都不貴嗎？」

舒可一聽，觸電般從她的肩揹式大包包裡倒出二十幾支手機，不僅數量十分驚人，每一支都還非常新，保存狀態都相當好，散發出新機特有的塑膠氣味。

「哇。」醫生故意露出讚嘆的表情。

梅芳沒好氣瞪了醫生一眼。

她心想：這怎麼會是一個心理醫生應該發出讚嘆聲的時機咧？

舒可得意洋洋地推薦：「我說眞的，醫生，這裡每一支手機都比你那一支古董還要好太多倍了，你要不要挑一支，我算便宜一點給你。」

年輕的醫生頗認眞地在十幾支手機裡挑啊挑的，拿起來正反面認眞打量。

每一支手機都用熱膠膜仔細貼好，螢幕上也有保護貼細心地呵護。

「每一支看起來都很棒呢，一點都不像是二手貨。」年輕的醫生微笑。

「要不要這一支，半年前才發表的新機種，藍芽、拍照、mp3、大螢幕、還有手機股票操作功能一應俱全，所有的功能一次搞定喔，如果買這一支絕對可以擋得住風潮，至少一年不用換手機！」

這一番解說，弄得年輕的醫生有點想笑：「是嗎？那妳爲什麼在買了這一支以後，還買了其他那麼多支手機啊？」

舒可臉一紅，悻悻地說：「因爲更新的手機，當然就越好啊……一定的嘛。」

醫生把玩著舒可推薦的那一支SONY手機，裝作隨口問道：「妳說，這一支手機有股票操作功能？」

「對啊，醫生你如果有在玩股票的話，這幾支也都很推薦喔，我都灌好程式在裡面了！」舒可眼明手快，立刻挑出三、四支不同款式的手機放在醫生面前。

「妳有在玩股票嗎？」年輕的醫生根本不須要問，答案已雪亮在他的心中。

「沒啊，我……」舒可的臉又紅了。

梅芳實在聽不下去他們兩人的對話，硬是打岔：「她哪有閒錢買股票？她的錢統統拿去買新手機跟繳電話費，現在勉強繳得起房租已經是奇蹟了！」

「沒有在玩股票的話，灌操作股票的程式進去有什麼意思呢？」

「呃……」舒可很用力地想了想，說：「反正股票軟體下載只要兩百塊錢啊，多付兩百塊錢就多一個功能，怎麼想怎麼划算啊。」

年輕的醫生心想，這個女孩子對手機過度依賴的症狀非常嚴重，不可能一次談話就可以改善她的症狀。反正自己的確也想試試看現在的新手機，不如就趁這個機會向這個女孩買一支，順便打好醫病關係，對以後的持續治療也有正面的幫助吧？

「那，妳可以幫我介紹一下這幾支手機的優缺點嗎？」

舒可的眼睛閃閃發亮，立刻滔滔不絕地為年輕的醫生介紹起幾支顏色偏向男生型款的手機。這裡每一支手機她都買過用過，各品牌的操作模式優缺點都清楚得很，平均起來每一支手機從開機後，只要兩分鐘不到就可以把要點說完——即便如此，將十幾支手機如數家珍地說上一輪，也花了二十五分鐘。

最後，年輕的醫生選了一支SONY手機，當場從皮包裡掏出八千塊錢成交。

「謝謝啦！」舒可笑得很燦爛，收下鈔票。

「哪裡，我還得多謝妳為我找到一支好手機呢。」

年輕的醫生忍不住偷瞄了一下舒可雪白細長的腿……真辣啊！

舒可一邊稱讚醫生的眼光，一邊幫他更換新舊手機的SIM卡，動作熟練。

「……」梅芳在一旁看得很傻眼。

她注意了一下桌子上的醫生名牌：「張安廷」。這個叫張安廷的醫生眞的很色，看舒可年輕漂亮、又穿著超辣的超短牛仔褲，就不好好問診，居然還反過來跟她買了手機，這不是鼓勵舒可繼續陷落在手機地獄裡嗎？

醫生裝模作樣看了一下手錶，說：「哇，不知不覺看診時間已經到了，我卻只買了一支手機，哈哈，只好請妳下個禮拜還要來回診喔，到時候我們再聊聊怎麼改善妳太依賴手機的問題。」

舒可眉開眼笑地說：「好！」

梅芳簡直快氣炸了，說：「醫生，至少開個藥給舒可吃吧？」

年輕的醫生不理會穿著長褲的梅芳，看著舒可笑笑說：「對了，妳不覺得自己有精神上的毛病，爲什麼還要來看醫生呢？」

正忙著收拾滿桌子手機的舒可說：「因爲我今天早上用手機連上運勢占卜網站，上面提醒，今天射手座的女孩要多多注意身體健康、才會招來好運氣喔。我想啊，既然占卜網站都這麼說了，看看醫生也不壞。」

「看病的結果滿意嗎？」

「超滿意的——掛號費才一百五十塊，但是賣你一支手機就進帳了八千塊錢，占卜網站果然沒有騙我耶！」

在舒可打開門、準備出去的時候，年輕的醫生忍不住提醒：「下禮拜一定要回診啊，因爲說不定我用新手機有不懂的地方，還要問妳這個專家才有辦法解決呢。」

他的視線沒有跟舒可交會，而是落在舒可性感的小腿上。

舒可比了勝利手勢：「我知道你還是覺得我有毛病啦，不過……我會乖乖回診的，誰教你是一個好客戶呢！」

「就挑一個占卜網站告訴妳合適的時間過來囉。」年輕的醫生豎起大拇指。

門關上。

這個叫張安廷的色色年輕醫生閉上眼睛，腦中浮現的並不是舒可性感的雙腿。

「……」他想起了兩年前那張臉。

剛剛當上專任的精神科醫生時，有個同樣沉迷於手機世界的病患。

最後他崩潰發狂的那張臉，曾一度讓張安廷以爲自己喪失了醫生資格。

「不曉得他現在的情況有沒有好轉。」

張安廷打開新手機，進入通訊錄，拿起桌上的電話。

03

離開毫無幫助的精神科，兩個女孩一起在醫院樓下吃了頓自助餐。

「八千塊，拿來。」梅芳使用了命令句。

「幹嘛啊？」舒可心知肚明，但還是要問上一句。

「下個月的房租加水電啊，先給我，免得妳又拿去買新手機。」

「管得好嚴啊，嘖嘖。」

就這樣，八千塊一下子就從舒可的手裡換到了梅芳的皮包裡。

梅芳唸了舒可一頓才把手機還給

她，舒可在正式開動前整整打了十分鐘的電話向朋友報告她看病的結果，直到梅芳用筷子戳她盤子裡的雞腿，才慌亂地結束電話。

「好爛的醫生，根本沒有認眞治療妳，都在看妳的手機跟妳的腿。」梅芳嗤之以鼻：「下次回診，我們改掛別的醫生。」

「眞的嗎？他有注意到我的腿嗎？」王舒可又驚又喜。

「王舒可，妳的表情有問題！」梅芳忍不住覺得好笑。

「嘻嘻嘻，我穿短褲就是爲了把腿給別人看的嘛。」

舒可一邊吃飯，一邊看著手機裡的

即時新聞。

用過餐後，梅芳回到打工的租書店，而舒可也開開心心回通訊行上班。

下午一點半，六張犁捷運站裡人來人往。

舒可拿著悠遊卡想通過閘門，警示器卻發出嗶嗶叫聲，餘額顯示負數。

翻了翻皮包，最後的兩張百元鈔票已經用在掛號跟吃飯了，身上沒錢儲值。

她走到旁邊的提款機，輸入密碼，提了一張千元鈔出來。

看著機器列印出來的交易明細表，舒可不禁有點困惑。

「怎麼數目好像有點不對？」

舒可有點疑惑，自言自語：「……我有那麼窮嗎？」

大概真的要節制一下買新手機的敗家慾望了。

舒可咬著牙，刷卡走進閘門。

04

想殺價的人都叫他「權老大」。

權老大看起來一點都不像誰的老大，不過是一個矮矮胖胖的中年男子，在車水馬龍的忠孝東路擁有一間通訊行，生意興隆，價錢好商量，因爲知道要巴結他一聲權老大的熟客不少。

雖然其貌不揚，但權老大做生意的模樣可是氣勢不凡。

左耳掛了一支SONY的藍芽耳機。

右耳掛了一支MOTO的藍芽耳機。

皮帶右邊插了一台NOKIA手機。

皮帶左邊插了一台Panasonic手機。

桌上放了一台Dopod商務機正上映著今日股市盤後解析。

而權老大的脖子上，更掛著一台LG前天剛上市的新手機。

用這種超級的氣勢賣手機，誰敢不服氣！

叮咚。

通訊行的電動門打開。

「嗨嗨！」舒可高高舉起雙手，笑道：「冷氣好棒啊！」

「妳不是請了整天假嗎？怎麼還來上班？」

權老大正好從上衣口袋裡拿出一粒阿斯匹靈，丟進嘴裡嚼碎，拿起桌上的礦泉水就咕嚕咕嚕把藥吞進肚子。

「唉呦，想通了啦，不上班就沒錢錢耶，還是勤勞一點。」舒可祈求似地雙掌合十，說：「所以我今天只請半天假喔，薪水也只能扣一半。」

權老大瞥了一眼舒可的短褲，說：「想通了就好。」

其實權老大很高興舒可削價上班。

要知道，買手機想殺價的人會找權老大抬槓。

但寧願買貴、也想跟美女說話的宅男也不少。

舒可可是這間通訊行的業務大紅牌，沒她坐鎮，一天至少短賣二十台手機，少賣十組新門號。

當然啦，舒可靠著抽佣也賺了不少，只是她總是克制不了，把佣金投入購買自己的新手機上。要不然入行兩年的舒可，絕對算得上個小小富婆了。

下午的客人不多，舒可用店裡的電腦上網蒐集最新的未上市手機資訊。

這可是權老大規定的員工專業訓練，不多充實新資訊的話很難應付客人雞巴的發問，這也正好稱了舒可的意……她總是興致勃勃地研究還沒拿到手的未上市手機的功能，想像著將來有一天放在自己手裡時的觸感。

也只有這個時候，舒可才會暫時忘記她手機的存在……如果撇開她正在使用的mp3播放功能的話。

權老大插在左邊皮帶的手機響了。

「喂？權發發通訊行您好！」權老大按下掛在左耳上的藍芽耳機，熟練地說。

「你是權金正嗎？」

「是，您好，我就是。」權老大心想，這傢伙敢叫我本名，一定貴你幾百塊。

「那你應該認得這個聲音吧，給恁爸仔細聽好！」對方操著濃濃的江湖腔。

「？」權老大正感莫名其妙。

突然，電話另頭傳來淒厲的慘叫聲，還和著拳打腳踢的聲音。

還有拖著哭泣尾音的一聲：「爸，快點救我，他們說要剁掉我的手指！」

權老大心中一懍。

「聽清楚了吧？你兒子當兵不好好當，跑來跟我們賭牌，幹！詐賭被恁爸當場抓到！如果你不想把事情鬧大，不想看你兒子被送軍法，從現在起就要乖乖聽好恁爸的話。」

「我聽！我聽！」權老大的鼻頭已經冒出汗來。

「從現在開始，手機不准掛掉，不准跟別人講話，如果被我聽到你在跟別人竊竊私語，就等著收到你兒子的手指頭吧！」

「好，我不跟別人講話！」才一下子，權老大的背脊就濕成一片。

「現在拿起你的皮包，出門，到離你家最近、有提款機的便利商店，動作要快啊，恁爸這輩子最缺的就是耐性了！」

「好！立刻，你千萬不要……亂來啊！」

舒可正一邊看網路一邊聽mp3，沒注意到權老大講電話的聲音怪怪的。

權老大焦切地敲敲桌子，舒可這才抬起頭。

權老大用手勢示意他要出門一下，店就暫時交給舒可顧了。

「沒問題。」

舒可比了一個ＯＫ手勢。

05

約莫半小時後。

一身手機裝備的權老大渾身濕透了地走進通訊行。

剛賣出一支手機的舒可，正用手機跟高中同學瞎聊。

她看見接近虛脫的權老大頹坐在位子上、兩眼無神地翻著手機報價的雜誌，白痴也看得出來他魂不守舍。舒可匆匆結束話題，掛掉手機。

「老大，你不舒服嗎？」舒可只是隨便問問。

「……希望他們會放了我兒子。」

舒可愣住：「什麼意思啊？」

「剛剛有幾個混混打電話給我，說綁了我兒子。」權老大從加油站送的衛生紙盒裡連續抽出好幾張衛生紙，指著油油黏黏的肥臉，說：「他們說，如果我不匯二十萬給他們的話，他們就要剁下我兒子的手指，然後把他送軍法。」

舒可愣愣地聽著。

老大——
嗯？
你不是說，
你兒子……

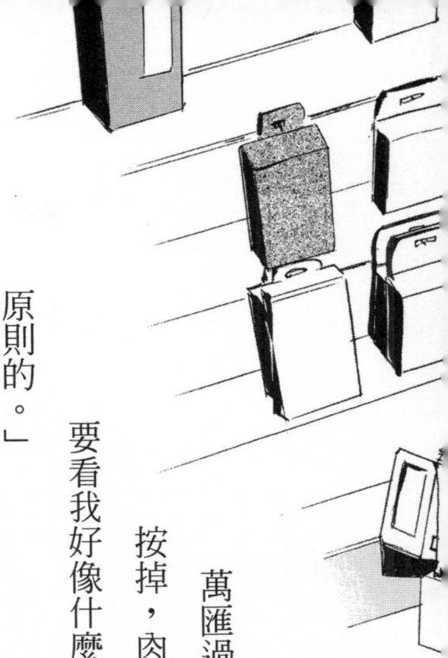

「所以我剛剛去便利商店啊，一張一張提款卡插進去，三萬三萬匯過去給他們，妳也知道賺錢不容易，看那些錢這樣被我一筆一筆按掉，肉眞的很痛。」權老大又抽了好幾張衛生紙抹臉，繼續道：「不要看我好像什麼都聽他們的，我也不是完全任他們宰割，嘿，我……我也是有原則的。」

舒可的手情不自禁有點發冷。

「我匯了十五萬後就不匯了，我堅持要等看到我兒子回來，才會把餘款付給他們。」權老大恨恨地將兩大團衛生紙扔進腳底下的垃圾桶，說：「不過他媽的，等我看到我兒子我一毛錢都不會繼續匯，哪有這麼便宜的事……妳說，我連付贖金都可以殺價，是不是有氣魄？」

舒可倒抽了一口涼氣。

「老大。」

「嗯？」

「你不是說，你兒子在唸國中的時候就車禍過世了嗎？」

舒可囁嚅講完這句話的時候，權老大整個人像是被丟入了冰櫃。

久久，舒可都不敢將視線從權老大僵硬的表情上移開。

而權老大一動也不動。

眼神從一開始的震驚，然後錯愕，到完全失控的茫然。

「我到底是……」權老大抓著自己的頭，在二十二度的冷氣裡汗如雨下。

舒可倒了一杯水，小心翼翼遞過去：「可能你是太想念你的兒子了。」

權老大又嚼碎了一顆阿斯匹靈，混著水漱口吞了下去。

比起舒可，權老大才是眞正應該去看精神科的人吧。

06

晚上下班，舒可買了公寓樓下的滷味當宵夜。

這兩個大學同寢四年的室友感情好得很，大學畢業後，舒可與梅芳繼續在外合租一間十五坪大的老公寓。

除了一個人一間小臥房，還有可以自己開伙省錢的廚房，一個塞了沙發剛剛好擠滿的客廳，一個冰箱一個微波爐，一個圓形小魚缸，裡面有好幾隻孔雀魚游來游去。很有家的感覺。

穿著家居服盤坐在沙發上，舒可與梅芳兩人一邊看著緯來日本台的料理東西軍當提味，一邊津津有味吃著熱騰騰的海帶、豆皮跟百頁豆腐。

舒可突然想起一件事，立刻拿起手機。

三秒後，梅芳的手機鈴聲響起。

「……」舒可皺眉，嘴裡滿滿都是食物。

「……」梅芳的眼睛還是盯著電視，根本懶得接這麼白痴的電話。

十秒後，舒可才驚醒似掛掉手機，吐舌頭。

「對了，我今天下午回去上班，遇到一件超瞎的事。」舒可不好意思地說。

「什麼事啊？」梅芳沒好氣：「最好是跟手機無關。」

「也不能說完全沒關啦。」

於是舒可將下午通訊行老闆被詐騙集團打電話唬爛，結果明明兒子已經車禍死掉的權老大竟然被「兒子遭到綁架」的內容給唬住，最後還連續匯了十五萬元給詐騙集團的事說給了梅芳聽。

不用說，那些錢是一去不回了。

「超畸形的吧！我當時完全傻眼啊，最後權老大因爲不想跟警察說這麼白爛的事，所以沒去報案。是我，我也不敢去，太丟臉了。」舒可滔滔不絕道：「後來啊，我本來想跟我老闆介紹我的精神科醫生，不過我看他那個失魂落魄的樣子，應該不是生病，而是撞邪！所以我最後還是推薦他去我們家後面巷子有個姑婆那裡收驚，或是去大廟裡給乩童看一下，看看最近是不是有碰到什麼不乾淨的事……」

似乎不打算停，舒可嘰哩咕嚕說著。

梅芳用一種很古怪的表情看著舒可。

「怎麼了？」舒可用手指快速在臉上梭巡了一遍，沒東西黏在臉上啊。

「舒可，妳……」

「幹嘛，我的臉上沒東西啊。」

「妳，完全沒有印象嗎？」梅芳很認眞地問。

「什麼事啊？」舒可有點被嚇到了。

梅芳半信半疑地看著舒可，慢慢說道：「兩個禮拜前。」

「兩個禮拜前怎樣？」

「兩個禮拜前，妳也接到了詐騙集團的電話，說妳弟弟在路上騎車撞了人就跑，車牌號碼被抄下來，對方說，如果妳這個做姊姊的不負擔他的醫療費用，他就要報警，告你弟弟畏罪潛逃。」

「所以呢？」舒可很直覺地迸出這句話。

這句話，讓梅芳整個人寒毛直豎。

「最後妳匯了五萬塊錢過去，想息事寧人。」

「難怪我今天去領錢的時候，想說怎麼會少了一大堆錢啊！原來是遇到這麼倒楣的事！」舒可唉唷了一聲，整個人往沙發一倒。

這個反應，讓梅芳面色凝重起來。

「重點不是那裡。」

「？」

「舒可，妳根本沒有弟弟。」

舒可，
妳根本沒有弟弟。

07

深夜，梅芳翻來覆去就是睡不著。

這陣子她每晚回到家，就覺得一陣又一陣莫名的頭痛。睡意漸漸在頭痛中褪去，梅芳抱著懶骨頭抱枕，想著今天晚上看電視吃宵夜時，舒可困惑的表情。

兩個禮拜前，舒可可是一把眼淚一把鼻涕地跟她哭訴，說自己怎麼那麼白痴，明明沒有弟弟、卻會被詐騙集團用不像樣的理由拐了五萬塊錢。

當時梅芳還安慰舒可，說這一定是她工作太累了、加上又以爲詐騙集團口中的「弟弟」，說的是舒可的表弟或堂弟，一時太緊張了才會上當……雖然那些安慰別人的理由聽起來都很牽強。

總之，那時候的舒可根本不必別人提醒，匯款不久後就驚覺自己上當。

梅芳甚至覺得那樣傻裡傻氣的舒可，還滿可愛的。

但，今天晚上的舒可，不僅將兩個禮拜前才發生過的事情忘得一乾二淨，在應對那一件蠢事的用詞上，也顯露出可怕的……可怕的……

該怎麼形容好呢？

梅芳嘆氣，眞希望舒可不要眞的生病才好。

又撐了十幾分鐘，睡意全消。

梅芳想去冰箱裡拿盒牛奶熱一熱，喝了應該比較好睡。

這一想，精神都來了，梅芳嘿地一聲起身。

打開門，走過客廳想去廚房開冰箱的瞬間，梅芳嚇得暫時停止呼吸。

昏昏暗暗，舒可正坐在客廳沙發上，呆呆抱著魚缸，一動也不動地看著電視。

電視，哪有什麼電視。

舒可不曉得轉到哪一台，電視畫面只有沙沙沙沙的黑白馬賽克。

梅芳震驚，仔細一看，才發現舒可不是單單抱著魚缸發呆。

而是拿一根吸管，慢條斯理在喝魚缸裡的水。

刷々々々々

是夢遊吧？

「舒可，舒可。」梅芳害怕地推了推樣子很怪很怪的舒可。

「……」舒可沒有反應，只是繼續盯著畫面亂七八糟的電視看。

梅芳這時想起來，大學時上某一堂通識課老師曾說過，碰上正在夢遊的人，最忌諱突然喚醒她——不然很容易發生危險。

原因忘得一乾二淨，但結論畢竟是記住了。

梅芳只好想辦法將魚缸從舒可牢牢的手中慢慢拿出來，打算等一會兒放在自己的房間裡「保管」。梅芳再將電視轉到ＨＢＯ，想說就算舒可要在客廳裡夢遊看電視一整個晚上，看一些正常的節目總是「不那麼恐怖」。

正當梅芳捧著魚缸，想轉身回房間的時候，她聽到背後ＨＢＯ電影的聲音不見了，取而代之，是電視空白頻道的沙沙沙沙聲。

梅芳半張臉都麻了。

「舒可，妳是在鬧我嗎？」梅芳捧著魚缸的手在發抖，慢慢慢慢轉頭。

她不可能搞錯，她剛剛將頻道切換到ＨＢＯ後，將遙控器隨手放在電視機上。遙控器，現在還放在電視機上，動也沒動過。

這……怎麼解釋呢？

難道這房間裡有不乾淨的東西？

梅芳很害怕等一下舒可轉過頭來的臉，是一張恐怖的鬼臉。

但沒有。

「……」舒可什麼也沒有回答，只是安安靜靜地看她的「電視」。

這情景，眞有說不出來的毛。

08

還不到一個禮拜，區區第四天，梅芳又拉著舒可在精神科門診報到。

梅芳看著這個叫……張安廷的年輕醫生，決定再給他最後一次機會，誰教醫院今天下午的精神科只有這個醫生當班，沒得選，而這件事越來越有十萬火急的態勢。

舒可愣愣地聽著梅芳用很快的速度，描述了舒可這兩天晚上夜裡的異狀，以及舒可完全忘記兩個禮拜前非常荒謬的受騙經驗。

在來這裡前，舒可完全沒聽梅芳說過她見過自己夢遊的事，舒可看起來相當吃驚。

「我夢遊？我……我喝魚缸裡的水？」舒可瞪大眼睛。

梅芳不理會她，因爲問題的答案顯然不在舒可身上，梅芳看著醫生焦切地問：「總而言之，舒可前天晚上跟昨天晚上的夢遊，和太常講手機到底有沒有關係呢？」

張安廷醫生笑了：「怎麼每個病人或病人的家屬，都很喜歡用總而言之這類的字眼，好像什麼都可以省略研究的過程，直接跳到結論去做問題解決就好了。醫生沒有這麼厲害，特別是精神科，癌症可以用各種設備找出腫瘤的位置，分析出腫瘤惡化的程度跟種類，但精神上的疾病不容易發覺根本的病灶。我們想幫病人，也得病人跟我們合作，一起慢慢找出病因才行。」

梅芳有點不好意思地臉紅。

不過張安廷醫生倒是注意到，舒可自從進來後，手指就沒停過在手機按鍵上答答答答按來按去，便笑說：「不過不管舒可暫時性失憶以及夢遊，與過度使用手機有沒有關聯，我看她這樣不停使用手機的模樣，是該……是該想點辦法改善。」

拿出一張紙，張安廷醫生在上面又畫又寫。

「人類的腦波，被專家分成四大頻率，β波是十二至三十八赫茲，屬於意識層次的波，是人類在進行邏輯思考時需要的波長。」

「α波是八至十二赫茲，是意識與潛意識之間的橋梁，想像力的來源。」

「θ波是四至八赫茲，是屬於潛意識的波，是創造力與靈感的來源。」

「σ波是〇．五赫茲，是屬於無意識的波，一般相信與直覺、第六感有關。」

張安廷醫生隨即又在紙上寫了九百跟一千八百的數字，說：「功率是九百或一千八赫茲的GSM手機，『應該』不至於對人類的腦波產生影響，一般相信，除非妳是住在訊號基地台樓下，才會出現植物病變啦、人腦癌生腫瘤等問題。」

這大概是這位年輕醫生，第一次用專業一點點的口吻跟兩位女孩說話。

舒可跟梅芳不由自主將腰打直，調整坐姿。

「當然，我們不能排除任何的可能。」

張安廷醫生注意到了女孩們態度的改變，當然，他也注意到了舒可今天穿的短褲比上一次的還短。

他繼續說道：「我們要釐清是機器本身的影響，還是使用機器習慣上的問題。比如我看過一個商務人士的診，他長期使用手機談生意，客戶有的在美國，有的在中東，有的在西班牙，時差的關係他二十四小時都得應付客戶的要求。有時候手機明明沒有響，他卻以爲自己聽到鈴聲，神經兮兮的，

晚上也睡不好覺，一直以爲手機響了，起床接手機才發現是幻聽，這種人晚上睡覺最好把手機電池拔出來，不然不可能一覺到天亮……這很明顯是手機使用習慣上的問題，就算他改用ＰＨＳ手機，幻聽的症狀也不會改變。」

「我每天都睡得很好喔。」舒可趕緊反駁。

「……是嗎？」梅芳瞪了她一眼。

「如果是機器的影響，問題很好解決，就乾脆一點不要再用手機就好了。使用習慣就不好根除，特別是妳又在通訊行上班，情況又更特殊了。」張安廷醫生用電腦的院內查詢系統點來點去，足足過了半分鐘才說道：「兩年前我們院內引進了一台機器，雖然不是什麼太新、太高級的設備，但用來幫助睡眠或是穩定情緒，效果還蠻好的，一直以來很多人都有睡眠方面的問題，所以要用的話就要預約……今天下午兩點到三點半沒有人用，妳們想嘗試一下嗎？」

「很貴嗎？」舒可想都沒想。

「可以用健保卡。」張安廷醫生莞爾。

「好啊！」舒可用力舉手。

「那妳自己留下來囉，反正只是睡個覺而已。我下午不想請假……因為下午超清閒的，拿來請假就太可惜啦！」梅芳搖搖手。

張安廷醫生看了看錶，看著舒可小露一下的白皙大腿說：「差不多中午了，乾脆一起吃飯吧？吃完了正好送妳去睡覺。」

梅芳嚇了一跳，舒可卻笑得前俯後仰。

09

中午在醫院樓下的簡餐店吃飯的時候，只剩下舒可跟張安廷醫生。梅芳只丟下一句：「不要隨便來電啊！」就走了。

餐還沒上，張安廷醫生拿起口袋裡的夾鍊袋，從裡面拿出一個白色藥片。「要吃嗎？」舒可隨口問，手裡還是一邊虐待她的手機。

「普拿疼，是我要吃。」張安廷醫生沒有芥蒂地將藥片放進嘴裡。

舒可好奇：「醫生也會吃藥？」

她的眼睛根本不看手機螢幕，手指照樣答答答答。

張安廷醫生哈哈笑道：「醫生也會頭痛，還會便祕跟胃痛呢。」

醫生請客，舒可毫不客氣點了最貴的去骨蒜味牛小排，張安廷醫生則點了一大盤的凱撒沙拉跟一大碗海鮮清湯。兩個人邊吃邊聊，脫離了看診間，兩人一開始的話題還是在舒可的詭異行爲上打轉。

「醫生，那電視會自己轉台又怎麼解釋？」

「……嗯，這就有四種可能了。」

「哪四種？」舒可一直覺得會把答案拆成好幾組方向的人很酷。

「第一，有鬼。」張安廷醫生用斬釘截鐵的表情。

「啊？」舒可的脖子歪掉。

「鬼片不是常常這樣演嗎？電視能熊自己打開，門常常自己關上，離人很遠的音響自動開啓，早上丟掉的手機莫名其妙回到口袋，冰箱突然自己打開……」

「等一下，哪有鬼片是冰箱自己打開的啊？那不就變成搞笑片了嗎？」

「冰箱自己打開也很恐怖啊，電影畫面還可以從側面看到冰箱裡的寒氣吹出來，白白的，霧霧的，有點感覺了吧？」

「……」

「如果女主角一邊發抖一邊走近，一看，在打開的冰箱裡面竟然看到一隻斷手……」張安廷醫生慢條斯理地用叉子戳著生菜，用很平淡的語氣繼續說：「更恐怖的是，那隻斷手居然是——那個女主角自己的。」

「那還是變成了搞笑片了啊。第二呢？」舒可有點失望，手指不停。

「第二啊，就是電視壞掉。」

「這個好沒梗啊，第三呢？」舒可用刀子跟叉子打了一個叉。

「第三個可能，就是當時正在夢遊的妳動作很快，在妳朋友轉身的瞬間就衝到電視機那邊把遙控器按下，再瞬間坐回位子上。」

「……這個不可能啦，就算我醒著也辦不到啊。」

「那就試試看第四吧？」張安廷醫生抖抖眉毛，說：「就是妳改變了妳的腦波頻率，切換到遙控器跟電視機之間頻率協定，將頻道轉了台。」

舒可瞪大眼睛：「哇，這個聽起來好有一回事喔！」

「的確，這就是僞科學的魅力了。」張安廷醫生一邊吃著超養生的生菜，一邊耐心地解釋：「我用了聽起來像是科學的語言，爲發生在妳身上的怪事做出解釋，其實這一點也不科學，因爲人腦腦波的頻率跟電視機的電磁波頻率相差太多，記得嗎，人腦腦波最多就是四十赫茲，但電視機的電磁波頻率至少是五萬多赫茲起跳，完全就不對啊。如果是遙控器的頻率，也不對，同樣差很多。」

「……」舒可聽得有點茫然，但結論應該是……那樣的說法不大對吧？

「也就是說，妳用腦波控制電視頻道是很合理的解釋，聽起來也很酷，但從眞正的科學上來看，妳根本不可能控制電視頻道囉。」

「是喔。」舒可心不在焉地看著手機，單手手指不停地按來按去。

撇開那天晚上的怪事，兩個人開始談些生活瑣事，例如從醫生觀點的養生減肥觀啦，例如從美女的觀點談如何保養大腿小腿啦等等，都是狗屁倒灶。

只是從剛剛一坐下，舒可就不曉得用手機在瞎忙些什麼，停不了似地。

張安廷醫生喝完了半碗湯，舒可還是自顧自地在玩手機，只是玩手機出神入化的她，一邊聊天都沒有半點問題，即使偶爾的恍神也是美女天生的權利。

張安廷醫生想問舒可到底在玩什麼，但遲遲沒開口。

要觀察一個病人，不能不有一點耐心……這才是張安廷醫生找舒可吃午餐的眞正理由。至於超時的問診費，嘖嘖，就當作是猛看舒可又白又長的美腿吧！

「對了，醫生，你可以給我手機號碼嗎？」舒可突然抬起頭，眨眨眼睛。

「好啊，沒事想找我聊天啊？」張安廷醫生心中一樂。

「嘻嘻，不是啦，是想寄個有點不好的簡訊給你，你不要介意喔！」

「……什麼叫有點不好的簡訊？」

舒可沒說，只是神祕地看著他，張安廷醫生爽快地給了手機號碼。

二十秒後，張安廷醫生的手機震了一下。

來自舒可，圖文並茂的簡訊：

圖片，是一張亂七八糟看不懂寫什麼的符咒。

文字部分則是：

抱歉，各位朋友打擾了，請務必仔細看完。

這是一封帶著恐怖厄運的黑色簡訊，圖片裡的符咒是來自印度黑魔教的咒語，威力強大，已經有多人受害。如果你沒有在七天內將這封簡訊分寄給一百個親朋好友，將厄運散去，你就會在七天之後死於非命。

就是醬啦！所以大家接到這封簡訊後，一定要用力轉寄再轉寄喔（不過不要再寄回來給我了啦），我們七天後平平安安再見！

這種簡訊，何止有點不好，簡直是超爛。

但張安廷醫生一點也沒有生氣，反而很好笑：「我就算了，妳從剛剛就一直寄這樣的爛簡訊給朋友，不怕他們生氣嗎？」

「他們才不會咧，這種厄運連鎖信又不是我第一個寄出去的，我也是收到別人轉給我的啊，他們都可以體諒我啦。況且這種連鎖信很平常啊，大家沒事就會這樣傳來傳去的，不管是好的還是壞的連鎖信，可以收到就代表你人緣的基本面不錯呢。」

「不過要寄給一百個人，怎麼想都很多。」

「嘻嘻，通訊錄裡隨隨便便就兩、三百個人啊，還ＯＫ啦。」

「不過……不管一百還是兩百，用群組寄信不就好了嗎？」

舒可怔住了。

幾秒後，她在簡餐店裡失態地尖叫起來：「天啊！我怎麼沒有想到這麼簡單的方法啊！我還眞的一個一個傳耶，天啊好浪費時間喔！」

「哈哈哈哈哈哈哈哈哈……」

張安廷醫生表面上陪著哈哈大笑，心底卻覺得，這個女孩眞的生病了。

而且病得不輕。

10

醫院的專業睡眠診間。

除了有模有樣的機器設備外，最重要的，還有一張看起來很舒服的白床。

不用吩咐，舒可自己就躺了上去。

「我們先來看看妳的腦波有沒有異常。」

張安廷醫生將幾個金屬貼片黏在舒可的頭上，貼片上的電線連到一台儀器上。這個儀器，可以感應到頭皮底下的神經電流活動，常見於世界各國的腦科學研究室。

儀器啓動，舒可的腦波在螢幕上呈現非常普通的狀態。

「有怪怪的嗎？」

「不，看起來沒問題。」

張安廷醫生將一副全罩式耳機拿給舒可，不必多費唇舌，舒可自然而然戴上。

音樂播放。

舒可閉上眼睛，現在她要做的事很簡單，就是好好在這裡睡一覺。

「這是什麼聲音啊，細細的，我聽不出來。」

「是海豚。」

「海豚？」

「研究顯示，跟海豚相處過的人，腦波會比較穩定。更仔細說，有百分之八十的自閉症兒童在跟海豚玩耍後，腦波頻率會減低四赫茲。」

張安廷醫生坐在椅子上，翻著剛剛從旁邊架上順手拿來的八卦雜誌，說：「讓妳聽著海豚的叫聲睡覺，應該會睡得比較好。好了，妳別想太多了，看是要數羊還是想快樂的事，都好，放鬆心情，也不要有一定要睡著的壓力，那樣反而更睡不著。」

「……」舒可打了個呵欠。

二十分鐘過去，張安廷醫生手上的八卦雜誌已經翻了一輪。

往旁看，舒可的胸膛微微起伏，應該睡著了。

「腿好白。」張安廷醫生大膽地將舒可的美腿看了個飽。

睡是睡了，舒可的手指還微微顫抖。

張安廷醫生皺眉，這個小妮子怎麼作夢還在傳簡訊呢？

觀察睡眠至少要九十分鐘，儀器持續記錄著舒可的腦波圖形。

中央空調好像有點過冷，他拿起毛毯，小心翼翼地蓋在舒可身上。

看膩了的雜誌隨手放在一邊，張安廷醫生打開桌上的電腦，玩起接龍遊戲打發時間。接龍玩膩了，就玩傷心小棧。

又半個小時過去了，現在輪到張安廷醫生打了個呵欠。

跟所有的男醫生一樣，張安廷醫生對女病患多多少少投注了更多的注意力。對漂亮的女病患尤其如此……誰不是呢？

像他這麼年輕又有前途的醫生，整天都收到聯誼聚會的邀約，但距離上一次跟女孩子認眞交往，已經是兩年前的事了，但距離上一次跟女孩子上床，不過是昨天晚上的翻雲覆雨……這可不是每個人都享受得到的激烈矛盾。

有人說醫生很容易跟護士或是病患談感情，吃窩邊草，是眞的。

因爲醫生如果不想廢廢地過一輩子，就得投注大量心力在看診或醫療研究上，時不時還得在期刊上發表些東西打理自己的專業門面，實在不大有機會、有時間，在自然的

刷—
刷—
刷
刷—

ZZ

場合用自然的方式認識女孩子，

這並不是說張安廷想跟舒可交往什麼的，只是，眼前有個不錯的女孩，如果不仗著自己的身分與舒可不斷對話、相處，再怎麼樣也說不過去吧？！

突然，電腦螢幕上的畫面整個扭曲變形。

「？」張安廷醫生想，電腦該不會被自己玩壞了吧。

一個警覺，張安廷轉頭。

睡眠觀測儀器上的螢幕也出現不正常的超級波動。

圖形變得異常大，線型圖好像發瘋似地上下飛躍，讓人心驚。

手機響了。

舒可放在桌上的手機發出「槍與玫瑰」的鈴聲。

張安廷醫生早就知道一個常識——將手機放在電腦螢幕旁邊，如果來電了，螢幕會出現些微干擾。

但，決計不是像現在看到的畫面一樣，整個像給扔進海裡一樣混雜掉。

鈴聲未止，睡眠觀測儀器上的瘋狂擾動持續。

腦波正在恣意張牙舞爪，舒可依舊睡得好好的。

張安廷像是突然想起了什麼，立刻衝出睡眠診間，看著外面走廊上的……

「嘖嘖，這件事真的不簡單。」

張安廷看著懸掛在走廊上的電視機，電視螢幕一片亂七八糟的黑白馬賽克。

平常這間信奉天主教的醫院，電視千篇一律都在播放傳教性質的節目，屬於院內頻道。就算不是，肯定也被固定在幾個二十四小時的新聞台。

但現在，院內頻道竟然跳開了。

一口氣跳到根本沒有訊號的詭異頻道。

他摸不著頭緒，難道這個世界上真的有鬼嗎？

難道這個腿很漂亮的年輕小姐，應該看的是道士，而不是自己？

張安廷醫生毫無結論地走進睡眠診間，遠遠看見舒可已坐了起來。

「作惡夢了吧？」張安廷醫生微笑打招呼。

舒可沒有回話，也沒有轉頭。

只是繼續坐著。

張安廷醫生一懔，放慢腳步緩緩接近坐在床上的舒可。

他走到她的面前，卻感覺不到她的「存在」。

睜開眼睛的舒可漠然看著前方，卻沒有在看任何東西。

她在發呆。

不，是比發呆還要空洞的眼神。

張安廷醫生不敢打攪她，只是屏息觀察。

舒可慢慢走下床，眼神呆滯，面無表情地走向門外。

夢遊的人因爲對周遭事物的變化無法徹底掌握，如果走到了戶外，很容易發生意外。張安廷醫生幾乎就要伸手抓住了舒可。

但他的手硬生生停在半空。

張安廷醫生克制不了自己的好奇心——

她到底要去哪裡？要做什麼？

要接手機嗎？

不，舒可連看都沒有看手機一眼。

她推開診間的門，走到走廊上。張安廷醫生深呼吸緊緊跟著。

手機鈴聲結束。

舒可走到橘色的塑膠座椅前，轉身，好整以暇坐下。

抬頭。

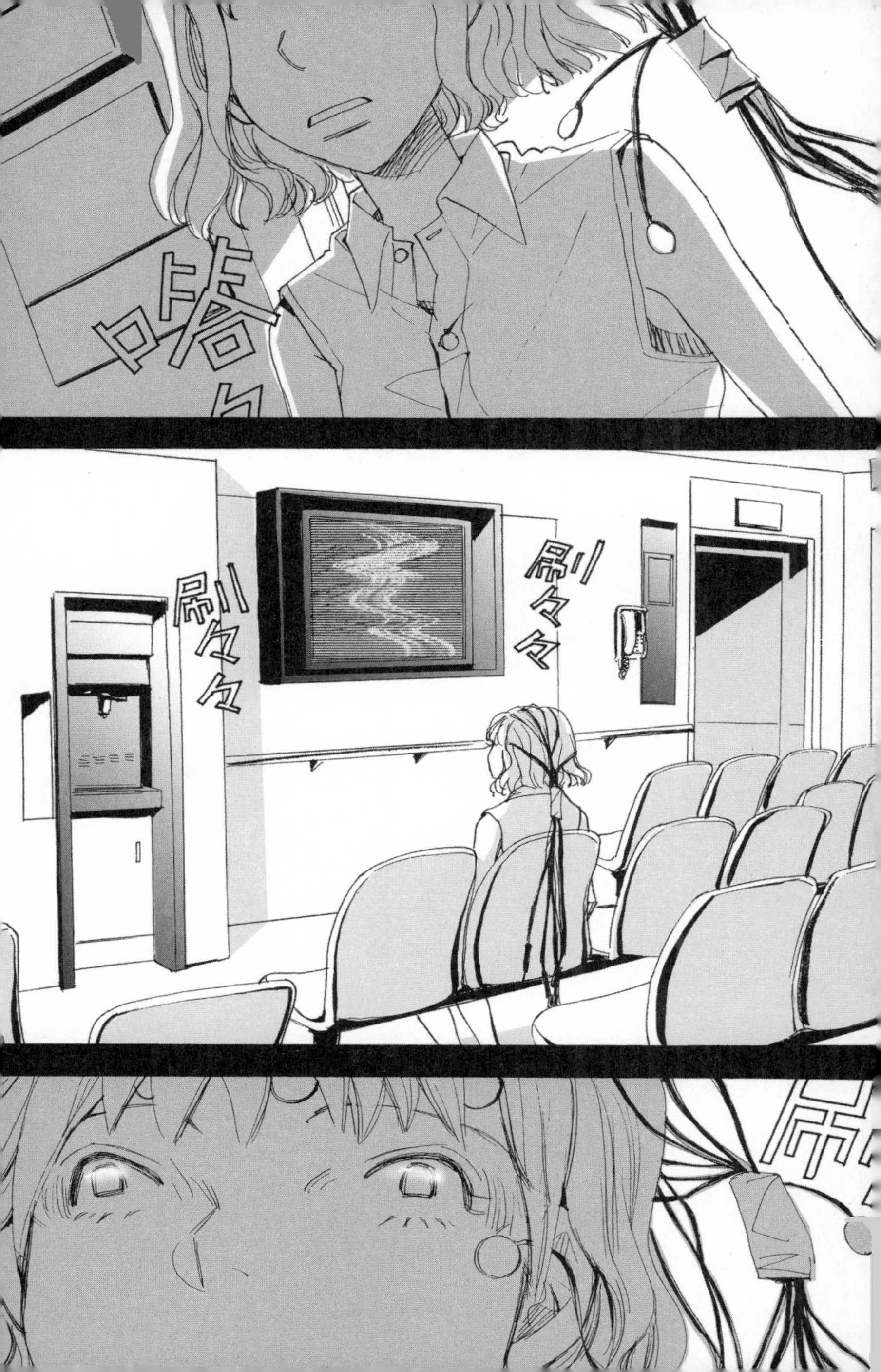
嗒々
刷々
刷々
刷

目不轉睛地看著充滿毫無意義的、黑白馬賽克的電視螢幕。

11

陽明山德盧精神病院。

這是一間由國小校舍原地改建而成的精神病院，依稀還留著日據時代的建築風格。白色跟翠綠色油漆重新粉刷過的門磚配色佯裝新意，卻因爲幾株長達半個世紀以上的老榕樹巍峨並排而宣告失敗。

在這黃昏時分，夕陽的餘燼將每個影子燒得更加暈長迷離，天生就擁有詭異氣氛的精神病院，到了此刻更散發出一股隱性的、扭曲的壓迫力。

櫃台邊的電視，放著公共電視台的總統大選辯論會，連戰嚴厲地指責陳水扁公投綁大選，而陳水扁則批判連戰與宋楚瑜之間結合的巧詐關係。乏人問津。

大廳上的電視則放著東森幼幼台的卡通，巧虎島，十幾個穿著藍色院服的病患坐在椅子上，聚精會神地看著，有的還一直有氣無力地鼓掌。

已經換上襯衫、牛仔褲的張安廷醫生出示他的醫生證明……這個動作毋寧多此一舉，這裡很多護士都認識張安廷醫生，畢竟他當年在這裡實習過三個月，人緣相當好。

「姊姊，我找一個叫郭秉承的重度病患。」

張安廷醫生微笑，手靠著櫃台。

一旁的舒可東顧西盼，終於按捺不住，開始玩起手機裡的魔法泡泡遊戲。

「郭秉承，你是說那個自稱是老鼠王的……人嗎？」

護士小姐根本不必翻院內病患資料，馬上就知道張安廷醫生所說何人。

惡名昭彰啊！

「對啊，就是老鼠王。我有要事想請教他。」

護士小姐翻著病人的訪視時間表，郭秉承的那幾頁裡完全空白。

不管是過去兩年還是未來好幾個月，都沒有人來看過他或打算這麼做。

「你好像沒有預約喔。」護士小姐說是這麼說，語氣卻渾不在意。

「沒有。那，就當作我是以郭秉承的前任精神科醫生的身分，來這裡做病患關懷好了。我想這樣應該沒有問題了吧？」張安廷醫生友善地說。

「……是沒問題啦，不過他的情況很不穩定，你最好不要跟他談太久。」

「現在的他有攻擊性嗎？」

「沒有，不過每次靠近他都讓人很不舒服就是了。」

張安廷醫生點頭同意。

從他第一次看到「老鼠王」就渾身不自在，有股說不出的煩躁。

護士小姐用疑惑的眼神看著舒可，還沒開口，張安廷醫生就解釋：「這個小姐的症狀跟以前的郭秉承有很多類似的地方，也是我來這裡的主要原因，所以等一下我先跟郭秉承談過之後，我也希望這位小姐能夠跟郭秉承見上一面，我想對她的病情會很有幫助。」

「如果她眞的跟老鼠王有任何一點共通之處……那我看……」

護士小姐嘲謔地說，卻不肯把話給說完。

她將兩張訪客識別證交給張安廷醫生跟舒可，帶著他們兩人來到醫院的C區。

這個區域專門收容重度的精神病患，他們過度異常的舉止很容易影響到其他輕症病患的治療，某個程度算是被隔離起來……要說他們是一群被社會、被正統醫療體系放棄了的瘋子，也不足爲過。

C區走廊的盡頭，一拐彎，又有一條看起來像是「硬湊」出來的窄小走廊，垂直地接在C區與D區的中間。

走廊雖然窄小，但燈光充足，沒有鬼片裡幽幽暗暗的氣氛。

「他在裡面？」張安廷醫生注意到，裡面只有一間房。

「老鼠王就在裡面，不過他很靈的，你們在這裡先把身上的電子產品統統拿下，不然他會用吼的把你吼出去，要不然就換他當場撞牆給你看。」

護士小姐說，彎腰拿起放在牆角的紅色塑膠臉盆。

張安廷醫生跟舒可面面相覷，下一瞬間不約而同露出古怪的笑容。

「妳是說，老鼠王可以知道我有沒有帶電子產品？」張安廷醫生難以置信。

這簡直是科幻小說。

「連放在口袋裡的電子計步器都逃不過他的鼻子。我們查不到原因，也懶得知道爲什麼。如果你在這裡待得夠久，你應該會知道精神病院裡唯一的眞理——那就是，眞正的瘋子是不可能治好的。」護士小姐搖搖頭。

的確，眞正的瘋子是不可能被治好的。

不相信這句話的精神科醫生，會整天活在挫折與自我懷疑裡。

信奉這句話的醫生，弄懂了自己的任務是準時上班下班，不是拯救他人的人生，心情肯定會好上一百倍。

張安廷醫生年紀還輕，介於信與不信的兩者之間，只是張安廷醫生的好奇心非常難被安撫，忍不住說：「我可以實驗一下嗎？我把手機完全關機，偷偷放在口袋裡。如果他發現了，我立刻把手機扔出走廊。」

「喂。」護士小姐板起臉：「你實驗失敗可以說走就走，他可是會大吵大鬧上好幾天，到時候倒楣的人是我不是你。」

這下只好入境隨俗。

張安廷醫生跟舒可將身上的手錶、手機、mp3隨身播放機給拿下，放進紅色塑膠盆裡。

舒可乾脆將整個手提袋給放了進去，因爲裡面還有好幾支「備用」的手機。

「妳在這裡等我十到十五分鐘，我先進去跟他聊聊。好了我會出來帶妳進去，妳在這裡……嗯，放空一下。」張安廷醫生的語氣很認眞。

「十到十五分鐘喔。」舒可也只有點頭的份。

12

護士小姐領著張安廷醫生走進窄小的走廊，來到一間編號C21的房間外。

門外角落，有兩個並排的寶特瓶，寶特瓶裡裝滿了金黃色的液體。

「這是尿。」護士小姐嫌惡地說。

「嗯。」張安廷醫生也猜到了。

看來這幾年，這傢伙的病眞的有「突飛猛進的進展」。

每天除了扔尿扔屎外，這傢伙是不可能打開這個門，更別提踏進正常的世界。

這麼說起來…

「你們沒有把他鎖起來？」張安廷醫生訝異。

「老鼠王比任何人都不想離開這個房間，房門當然不需要上鎖。」

護士小姐敲敲門，瞥眼看著張安廷醫生：「你是醫生，我可以放心丟下你一個人進去吧？」

她的表情，寫滿了「我完全不想跟這個神經病有任何瓜葛」。

「請便。」張安廷醫生笑笑：「我可以應付任何狀況。」

他看著護士小姐的背影離去，深深吸了一口氣。

「……」

這扇門裡，住了一個他曾經的惡夢。

擠出一張友善又無害的臉，他慢慢打開門。

這麼費工夫自成一格的「監禁」，還得拿掉身上所有跟電子科技有關的東西才能進來的地方，裡面其實普通得要命……只是暗了點。

原本採光很好的窗戶，從裡面整個被「立起來的床」給封死。

幽暗的空間裡除了數以千計的、雜亂無章的書跟雜誌外，什麼擺設都沒有。

「老鼠王，看來我來的時間不對啊。」

張安廷醫生抓頭，看著那個明顯營養不良的瘦男人，老鼠王。

老鼠王蹲在地上，光著屁股。

右手拿著一本宮本喜四郎寫的《栽花園藝面面觀》，左手拿著一只透明塑膠袋，屁

老鼠王，看來我來的時間不對啊。

不會，
我在大便而已。

眼上正懸晃著一條不上不下的大便，搖搖欲墜的，眼看就要摔進塑膠袋裡。

「不會，我在大便而已。」

老鼠王像個高深莫測的智者，對大便被別人看到這件事不以爲意。

「還記得我嗎？」張安廷醫生找了一疊堆得高高的書，整理了角度，坐下。

「張安廷，一個自以爲是精神科醫生的男人，第一次見面時二十九歲，現在是三十一歲。能不能順利活到三十二歲，還在未定之天。」

老鼠王瞇起眼睛，一屏息，大便應聲而斷。

「關於三十二歲這件事……我盡力而爲。」張安廷醫生豎起大拇指。

「哼。」老鼠王又開始聚氣，醞釀著肚子裡的第二條大便。

「今天來找你，是想跟你聊聊我正在處理的一個病人，她是個女生，大約二十三歲，長得很漂亮，腿又長又白，如果她不是那麼愛講手機愛講到生病，我眞想藉著醫生的身分跟她交往看看。」

「關我屁事。」

「我說了，她非常愛講手機。」

「關我屁事。」

「她夢遊了，就跟你當初的症狀一樣。」

老鼠王一愣，第二條大便幾乎要奪眼而出，又立刻啾了回去。

「她幾乎一分鐘都離不開手機，不見得都在聊天，但也做了很多跟手機有關的活動，傳簡訊，打遊戲抓遊戲，聽歌抓歌，下載一輩子也用不到的程式、拍照、整理手機裡的相簿、上網，差不多能用手機做的都做了。」

「傳簡訊。」

「嗯，她常常在傳簡訊給別人。」

「不，不是。」

「什麼意思？」

「是接。」

「接簡訊？」

「一定要找到傳簡訊給她的人。」

「？」

「因爲一定找不到。」

「什麼意思？」

「查無此人。去電信公司調紀錄，也一定調不出來。」

「會有這種事嗎？不過是很普通又很無聊的連鎖信。」

「連鎖信不對。」

「你當初也有接到類似的連鎖信嗎？」

「接到連鎖信，就代表快出事了。」

張安廷醫生皺起眉頭，這些話他以前也聽老鼠王講過好幾遍。當時一頭霧水，現在也不見得清楚到哪裡去。

還有點毛骨悚然。

「你知道，手機在台灣，為什麼會叫作大哥大嗎？」老鼠王深呼吸。

「不知道。」張安廷醫生迅速地搖頭。

「全台灣總共有百分之八十以上的人，手機都被政府這個『大哥大』監聽了。不管是談天的內容，簡訊的內容，下載了什麼，上傳了什麼，只要跟『特殊關鍵字』扯上一點關係的，一律被看得死死的。」

「原來如此。」

張安廷醫生點點頭，心想……典型的被害妄想症。

「說是政府，但那些人不是國安局，不是情報局，不是任何一個曾經被人知道的情治單位，而是一個系統，一個組織外的非組織，連總統都不見得可以掌控的神祕單位……很可能，歷屆總統沒有一個知道那些人的存在。」

「繼續。」

張安廷醫生點點頭，心想，連總統都不見得知道，這樣預算要怎麼編列啊？

老鼠王神色痛苦，第二條大便好不容易探出頭來。

「那個組織，早就研發出一種特殊的暗碼，將暗碼整合在手機的電磁波裡，長期播送的話就會產生深度催眠的作用，影響到人類的潛意識。不過那套特殊暗碼不是每個人都會接受，對自我意識強的人，那種不正常增幅過的電磁波只會讓他頭痛，但是對那些在人群中比較沒有主見的小角色來說，暗碼的力量會令他們漸漸屈從，改變他們的行爲，甚至是思想。」

什麼亂七八糟的「催眠暗碼整合在電磁波」？

這種隨便搭著科學的順風車鬼扯出來的東西，完全在物理知識上站不住腳，任何一個有認眞在上大學物理課的人都不可能相信的。

張安廷醫生克制住想吐槽的衝動，安靜等待老鼠王說出更多的東西。

「她，開始看電視了嗎？」

「每個人都看電視。」

「醫生，你知道我在說什麼。」

張安廷醫生身體一震。

「……你是說，對著沒有訊號的電視發呆？」

「是嗎？已經開始了嗎？」

「你以前也有過那樣嗎？」

老鼠王詭異地咧開嘴角：「電視裡有東西。」

「有什麼東西？」張安廷醫生立刻追問。

「等到最後的『確認』完成，電視裡還會有更多的東西。」老鼠王冷笑。

接著，不管張安廷醫生怎麼問，老鼠王就是不肯直截了當地回答電視裡有什麼。只是自顧自滔滔不絕解說神祕電磁波裡的加料暗碼，是什麼樣的加密形式，撰寫方式接近哪一種電腦程式語言，聽起來像什麼，感覺起來像什麼。

虛無飄緲的，空泛異常，前後邏輯又常常搭不上嘎。

老鼠王在說這番奇怪的理論時，語氣跟教授上課沒有兩樣。

如果不是老鼠王一邊論述一邊用肛門剪大便，差點就會被他唬住了。

「到底，這麼機密的事，你從哪裡聽來的呢？」張安廷醫生好奇。

他完全不信，但這套說法還滿有想像力的，於是半推半就順著老鼠王。

「聽來?完全沒有，我是這兩年把自己關在這間房間裡，慢慢地想，仔細地想，認眞地想，大膽地想，才把當初發生在自己身上的那些事想了一半。」老鼠王面色凝重地大便，說：「另一半，是我慢慢回想過去幾年我竊聽到的手機內容，拼拼湊湊才得到的結論。」

「竊聽?」

「我快發瘋的時候，已經可以聽到周遭的人講手機的內容。」

快發瘋，難道是指還沒發瘋嗎？

精神病人對自己有沒有生病的定義，眞是寬得可怕。

「這種事，眞的可以辦到嗎？」

張安廷想起了護士小姐口中的，關於老鼠王的「特異功能」。

「一百公尺內，就算我想不聽都不行，那些聲音、簡訊的內容、圖片，全部都會衝到我的腦子裡，吵死了，很亂，只要承受十分鐘就快崩潰了。」老鼠王冷冷地說：「不過，我終究是熬過來了，沒瘋，還練成了控制過度膨脹資訊的能力。慢慢地，兩百公尺、三百公尺、四百公尺……我的收聽範圍越來越大，全神貫注的話，就算一公里左右的訊號也可以聽到，只是會有雜音。」

張安廷醫生聽得一愣一愣的，這是他的優點，不會看不起病人的胡說八道。

卻也是他的缺點。

常常因爲過度的好奇心引導到奇怪的方向，迷失了思考的焦點。

「照你這麼說，你以前也接受過催眠的暗示。」

「肯定是的，我從來就不是一個意志堅定的人，一定被他們搞過。」

「那他們催眠你之後，是想要你做什麼呢？」

「小子，我幹過什麼，我完全不記得了，他們一定用了更強的電磁波，例如電磁脈衝彈之類的東西搞過我，讓我完、完、全、全、都失去了記憶，一點印象都沒有留下。」

老鼠王的眼睛瞟來瞟去，似乎在防備些什麼。

張安廷醫生的眼睛也跟著瞟來瞟去，說：「老鼠王，我不會說出去的。」

老鼠王不說話了，氣氛變得很……很臭。

因爲一旦沒有了談話的聲音，老鼠王在大便的畫面無形中就會放得很大。

那條死在塑膠袋裡的大便，也就特別特別地臭。

咚。

第二條大便總算是落下。

「……醫生，當我把祕密告訴你之後，我就得準備逃離這裡，因爲他們會找到我，找一個同樣被催眠的第三種人把我滅口。」

「你隨時都可以離開這裡的，門一直都沒鎖。」

老鼠王笑了。

他多多少少覺得，張安廷醫生的幽默感值得欣賞。

「嘿嘿，其實他們接近不了我的，我每天都在這裡看書，專心致志鍛鍊我的腦波，他們只要一接近我，就會被我發現，我就會用我的方法逃出這個鬼地方。」老鼠王信誓旦旦地用右手大拇指指著鼻子，用力說：「我辦得到。」

「嗯。」

老鼠王撕下書裡其中一頁，動作溫柔地擦起屁股。

「他們靠著那套暗碼，催眠出三種人。」老鼠王邊擦邊說。

「嗯。」

「三種人中，只有兩種人有機會活下來。」

老鼠王將黃黃的紙揉成一團丟進塑膠袋裡，再仔細地綁好，遞給醫生。

張廷安醫生接過裝了大便的塑膠袋，說：「繼續。」

「第一種人，絕對活不下來。他們就是專門去幹見不得光髒事的人，那些事報紙都會登很大，因爲都是大事……尹清楓命案、劉邦友命案，嘿嘿，嘿嘿。這一種人是凶手，也是目擊證人、受害者，所以無論如何一定得滅口。」

「第二種人呢？」

「第二種人，有機會活下來，就是負責幹掉第一種人的二級殺手。」

「合情合理。」

「第三種人，也有一些機會活下來，他們負責清除掉知道這些祕密、或可能知道某些祕密、或自以爲知道部分祕密的雜魚，例如不小心拍到什麼的記者，例如亂寫東西正好矇中什麼的作家，例如……從病患口中得知什麼的精神科醫生。」

張安廷醫生莞爾，說：「那你呢？當初你是哪種人？」

「我還活著，顯然不是第一種人。」老鼠王的身子好像微微縮起來。

聽了很多亂七八糟的東西，雖然很扯，但張廷安醫生知道老鼠王不是騙他。

而是瘋了。

一個瘋子將他刻骨銘心的混亂思想跟醫生做了誠摯的分享，無論如何，這個醫生都該感激。

或許這都多虧了兩年前張廷安醫生非常努力，想將老鼠王「治好」的過程，雖然最後終告失敗，卻也同樣讓老鼠王心生感激一樣。

只是張安廷還是頗爲失望，原本他以爲老鼠王會說一點眞正有用的東西，沒想到聽到的竟是一場鋪天蓋地的天馬行空。

「我說老鼠王啊，你爲什麼要告訴我這麼多？」

「……」

「如果你相信你所說的一切都是眞的，爲了自保，爲了不被『那些人』偷偷做掉，你應該什麼都說不清楚、什麼都說不知道才對啊。」

「因爲我自己也想知道，我說的到底對不對。」

「嗯？」

「我把自己關在這裡兩年了，大家都以爲我發瘋了，其實我只有這樣才能活下去。我很想逃出去，我很不想哀求那些護士將最新的報紙跟雜誌拿給我。可以大大方方在路邊水溝尿尿，誰願意每天都尿在寶特瓶裡讓那些護士鄙視？呿！」

「所以，你跟我說這些事的目的？」

「你會死。」

「？」

「如果你死了，一定會上報吧。」

老鼠王因興奮而不斷抽搐的臉。

「那樣，我就知道我是對的了。那樣，我就可以用力逃出去了！」

張安廷醫生雖然很想露出嗤之以鼻的幽默表情，卻打了個冷顫。

猛地，老鼠王霍然跳起，撞翻身後的一大片書牆。

「……」老鼠王的臉驚駭莫名。

順著老鼠王的視線，張安廷醫生看見舒可站在病房門口。

「你說十五分鐘的。」

舒可這話是說給張安廷醫生聽的，卻表情古怪地看著還沒穿上褲子的老鼠王。

「……妳……妳……」

「我叫舒可。」舒可雖然有點害怕，但還是做了自我介紹。

老鼠王用盡全身的力氣吼叫：「妳的腦波已經快變成他們的了！」

！
叭啦—

……!
醫生，
你說十五分鐘的。
ミ少
?

……妳……妳……
我叫舒可。
妳的腦波已經快變成他們的了！
我的頭好痛……！
妳快點滾！

被這淒厲一叫，舒可感到非常害怕。

張安廷醫生也不由自主拎了大便塑膠袋站了起來，躊躇要不要叫護士。

「接下來妳會每天晚上都夢遊，妳會越來越常看沒有畫面的電視，妳會完成最後的測驗——絕對不要再碰手機了！不！沒有用了……妳完成了！妳完成了！快點到山裡！到海邊！用最快的速度到一個沒有手機的地方，否則妳也會變成他們！」老鼠王激動地貼著身後的書牆，卻還不住地往後退、退、退。

舒可害怕地聲音發抖：「他們是誰？」

忽地，老鼠王流出兩槓鼻血。

他大嚷：「我的頭好痛！好痛啊！妳快點滾！不要靠近我！我的頭好痛啊！」

張安廷醫生趁勢摟著舒可顫抖的雙肩，沒注意到此刻舒可也流下兩槓鼻血。

「那些畫面衝進來了！好多！好恐怖！不行……我撐不住了。妳快滾！滾滾滾滾滾！我們兩個聚在一起，電磁能量更大，他們會重新盯上我的腦波！會重新盯上我！」

老鼠王這一失控大吼，屎尿齊出。

「今晚！我就要逃出去！」

13

連聲道歉，一邊腳底抹油離開快被老鼠王鬧翻了的精神病院。

張安廷醫生開車送舒可回家，一路上他說著老鼠王在兩年前與他的交手過程，舒可邊聽邊深呼吸，試著忘記剛剛那個面目猙獰又沒穿褲子的中年男子。

老鼠王過去是一個功力不錯的電腦工程師，第一興趣是破解色情網站的密碼，第二興趣當然是大量下載網站上的色情影片。他在現實人生裡的人際關係很差，但是在專業的駭客網路論壇上卻是頗有分量的大哥，常常吹噓自己的豐功偉業、接受小咖的崇拜。

老鼠王在出現連續多日的夢遊症狀時，涉嫌性騷擾在樓下賣豆花的歐巴桑，卻對隔壁攤賣檳榔的比基尼辣妹視若無睹，老鼠王深以自己的潛意識喜歡歐巴桑爲恥，於是前來精神科求診。

求診過程中，張安廷醫生發現，老鼠王除了沉溺在充滿精液跟精液的網路世界外，就連面對面而坐時，老鼠王也堅持要用講手機的方式溝通病情。

不管老鼠王願不願意，治療的重心就轉移到他過度依賴手機的反常舉止上……

「當一個病人從醫院問診間，被送到精神病院的那一瞬間，就宣告著這個醫生的失敗。」張安廷醫生握著方向盤，平淡地說：「他是我升上正式醫生後第一個病人，給了我不小的打擊。」

「……」舒可焦慮地說：「我也會變成像他那樣嗎？」

「很難想像妳拿塑膠袋裝自己大便的樣子。」張安廷醫生沉痛地說。

舒可這才被逗笑了。

但她的心中，有股難以言喻的矛盾與恐懼。她現在在理智上知道過度使用手機不是好現象，但在身體上卻怪異地持續與手機親密相處的

「慣性」。就是停不下來。

她從一拿回暫時放塑膠臉盆中的手機，手指就又開始跟按鍵共舞，好像要把剛剛在分開的時間裡沒有使用到的時光快速彌補回來似地惶急。

現在舒可正傳著第兩百零四通厄運連鎖簡訊……明明知道有群組功能可以利用了，卻還是依戀似地一個一個傳，破了一百人還是繼續繼續傳。

「我家到了，在前面五十嵐轉角放我下來就可以了。」舒可緊抓手機。

方向燈右閃，車子靠邊停下。

舒可下車。

張安廷醫生搖下車窗。

「嗯，還是不安或害怕的話，就打手機給我，我……」

只是這句再普通不過的話，張安廷醫生自己說到一半就覺得不大對勁。

舒可也怔住。

兩人相視兩秒，同時噗哧一笑。

舒可開朗大方，又長得很正點，這一笑又電到了張安廷醫生。

「等妳好了，我追妳。」他厚臉皮習慣了。

「你怎麼知道我沒有男朋友？」舒可燦爛地笑。

「沒有人可以忍受女朋友這麼愛講手機，絕不可能。」

「你就可以嗎？」

「我也不行，所以我得先把妳治好。再開始追妳。」

「一定喔。」

「一定。」

舒可揮揮手，轉身走進巷子。

張安廷醫生注視著舒可纖細的小腿離去，覺得體內的荷爾蒙快爆炸了。

14

張安廷醫生不在身邊，很快，舒可又感到不安起來。

隨便吃過用微波爐弄出來的晚飯，梅芳安慰著嚇壞了驚魂未定的舒可。

「那個醫生不是有開給妳一些安眠藥嗎？今天吃了它再睡吧。」

「那個叫老鼠王的人眞的很恐怖，妳沒有在現場眞的不知道，他是一個眞正的瘋子，好像炸藥，連他的聲音聽起來都像在爆炸……」

「醫生怎麼會帶妳去看那種人呢？眞不知道他在想什麼。」

「而且，那個老鼠王說的話好恐怖。」

「？」

「他一直強調，說什麼我會完成最後的測驗，又說我已經完成了最後的測驗，叫我躲到沒有任何手機的地方，不然就會發生很可怕的事……他的樣子眞的很嚇人耶，我從來都不知道一個人的五官可以扭到那種程度……好像一直被電到！」

「那個人會被關在精神病院，就因爲他是個瘋子，瘋子的話就不要太在意了。好了，舒可，妳會好好的，會一直好好的。瘋子的世界離妳太遠了，我會一直抓好妳不讓妳被吸過去的。」

梅芳抱著舒可，拍拍她的背。

「倒是那個醫生，我看他每次都一直偷看妳的腿，不，是光明正大地看，他一定對妳別有所圖……妳想，現在哪一個醫生會在下班後還對病人這麼好，還帶妳去精神病院繼、續、治、療？」

別有所圖嗎？舒可倒是笑了。

「是啊，我也覺得他別有所圖。」舒可甜甜地說。

「好了，今天早點吃藥睡吧。」梅芳。

15

接下來幾天，舒可的情況似乎不見好轉。

張安廷醫生一共接到七次來自舒可的厄運連鎖信，每一封的內容都不一樣。

有的是來自泰國韃暗教的追殺令、有的是來自阿富汗波希米蘭教的恐怖大宣告、有的是來自海地的巫毒殭屍咒、有的是來自日本奧姆眞理教的毒氣十殺咒、有的是來自韓國地球統一教的強制分血旨、有來自烏茲別克的奧能信徒的邪鬼咒、德國新納粹的字屠殺圖騰。

內容不同，但無聊的性質都如出一轍，不轉寄就會死。

……算起來，舒可至少接到七封新的厄運信，才會轉寄給自己。

「這個世界上怎麼有那麼多無聊沒事幹的人啊？」

看診間裡，張安廷醫生揉著太陽穴。

從那天離開精神病院後，他一直回想老鼠王所說的話。

就當是好玩，他打了通手機給舒可。

「嗨，舒可。」

「嗯嗯，張醫生。」

「沒事，我只是想問，妳是用哪一家電信業者的系統？」

「每一家都有啊，因為每一家的優惠方案都不一樣嘛。」

張安廷醫生心思一轉，立刻想到一個關鍵。

「那妳收到那些厄運連鎖信的手機，是哪一家的？」

「喔，我現在主要在用的這一支手機是中華電信的，不過那些簡訊不只寄到中華電信那支，有六封是寄到我其他六支還沒有賣掉的舊手機裡，那些手機裡面都有門號SIM卡，因為我說過了啊……不同的方案，費率不一樣嘛。」

張安廷醫生心想，難怪，有六通寄給我的厄運連鎖信，是來自不一樣的、陌生的手機號碼，要不是在簡訊後面留了舒可的名字，他也不會知道都是舒可寄來的。

「那些厄運信都是誰寄給妳的？是固定的一個朋友嗎？還是不一樣的人？」

「這種事突然問我我怎麼知道啊，是誰都一樣啊。」

「……舒可，幫我一個忙。」

「好啊。」

「幫我調資料出來，看看到底是誰在寄那種無聊的簡訊給妳。」

「我又沒生氣。」

「就說當作是幫幫我囉。」

「簡單啦，別忘了我可是在通訊行上班的啊！」

說了再見，張安廷醫生又吞了一顆普拿疼。

□

再過兩天，總統大選就到了。

這幾天張安廷醫生的生意超興旺，因爲將生活重心放在總統大選的民眾越來越多，症狀也差不多——

整天看政論談話與節目，如大話新聞、2100全民開講、火線雙嬌、頭家開講、文茜小妹大、新聞駭客、台灣心聲，現場轉播當然要看，重播也一定要複習名嘴的論點，動不動就打電話call in到節目裡幹譙自己度爛的政黨。

這些重度政治成癮者半夜跑到街上扯爛對手政黨的旗幟、在對手競選海報上噴漆，

常常對著停在路邊的對手宣傳車的輪胎上尿尿。非常容易跟支持對手的鄰居朋友辯論一整天，辯到後來一定會打起來。

那些患者失眠是一定的，好不容易睡著了，就連作個夢也會夢到在投票。

「醫生，我跟你說，雖然我知道我是太關心政治了，關心到生了病，但我說眞的，台灣的前途眞的不能交給那些賣台集團！他們遲早把我們統統賣掉！」

「醫生，在我跟你說我的症狀之前，你先跟我說你是藍的、還是綠的？」

「我作夢都會夢到陳水扁派軍隊拆我們眷村，用坦克屠殺我們外省人！」

「我發誓，連戰要是眞的當選總統，我一定開公車衝撞總統府！」

「醫生，你相信嗎？蔣公昨天晚上在我夢裡顯靈了。他哭著說，二二八不是他下令的！是他們本省人自己殺自己，然後把罪過統統推到他的頭上，當時國軍只是開坦克去替他們收屍！」

「阿扁錯了嗎？難道阿扁眞的錯了嗎？」

「不會錯！千眞萬確！宋楚瑜的興票案死扣在國民黨手上，國民黨才有辦法逼著他當副的！他媽的狼狽爲奸，沒一個好東西！」

「告訴你我也不是眞討厭阿扁，只是我一想到阿扁萬一翹毛了，呂秀蓮就負負得正了！當女總統了！我就忍不住投給連戰宋楚瑜啊！醫生！」

「哈哈哈哈，我昨天call in進2100全民開講，幹，一接通，我就對著電視罵李濤，幹你娘把小孩送去美國當美國人，你在這裡賺我們的錢靠蝦小！哈哈哈就被掛斷了啦！」

或許是連續看了好幾個症狀類似的病患，張安廷醫生這兩天頭也痛得厲害。

「不過他們的病很容易治好。再過兩天大選結束，這些人都會瞬間好起來。」

張安廷醫生按摩著發燙的太陽穴。

16

九點十一分。

放在枕頭旁的手機連續震動了三次，「槍與玫瑰」的嘶吼聲才狂奔出來。

因爲頭痛吃了安眠藥，早早入睡的舒可睜開眼睛。

眼神迷濛地坐了起來。

舒可慢慢地開門，走到客廳，正對著毫無訊號的電視，出神地看著。

看著。

舒可左手拿著手機，右手僵硬地平舉。

右手緩緩放下。

又迅速平舉。

右手緩緩放下。

又迅速平舉。

放下。

平舉。

食指微微顫抖著。

九點半了，張安廷醫生在家裡跑步機上慢慢跑著。

運動的時候，人體會增加分泌一種叫腦內啡的化學物質，類似嗎啡，可以使肌肉放鬆，減輕憂鬱，睡前做點運動可以幫助睡眠品質。

但今晚，張安廷醫生是因爲睡不著才起來跑一跑的。

最近不知道怎麼搞的，越到了晚上頭就越痛，吃了止痛藥還是效果有限。

張安廷醫生看著落地窗前揮汗如雨、越跑越喘的男人。

眞希望頭痛能順著那些鹹鹹的汗水，流出自己的身體。

不過說來也好笑，自從跟舒可買了新款的手機後，就改變了以前使用手機的習慣。以前手機沒有相機鏡頭，

自然就不可能想拿手機拍東西，但現在這一台手機

有了照相功能，就會忍不住拍下一些在報紙上看到的科技新知新聞。

以前的手機鈴聲就內建的那十幾組，於是幾年來都是用同一組單調的音樂當鈴聲。現在的手機可以上網，還眞的去下載了幾首流行歌曲，輪流當作來電鈴聲。

人類的需求眞不固定，端看他擁有什麼。

然後從一個基本的點，不斷往外擴張。

「不過，頭痛也是從換了手機才開始的。」張安廷醫生嘆氣。

他上過「手機王」網站研究過，這支新的手機電磁波比舊的手機要弱得多，舊的手機是SIEMENS的S35i，電磁波値是1.45W/Kg，新的手機是SONY的T630，電磁波値是1.16W/Kg。顯然自己的頭痛跟用了新手機，應該沒什麼關係。

「……」

一邊跑著，張安廷一邊回想今天跟舒可一起吃晚飯時，舒可跟他說，她分別去中華電信、台灣大哥大、遠傳的特約門市調出自己的簡訊紀錄，洋洋灑灑的好幾十頁，但就是沒找到是哪個缺德鬼一直發厄運連連鎖信給她。

完完全全，系統一點紀錄也沒有。

「還眞的應了老鼠王的話。」張安廷醫生皺眉。

那天老鼠王說的天方夜譚裡，那三種人其實非常的陰謀論。

比對起來，美國歷史上著名的甘迺迪總統謀殺案，在高樓開槍的是奧斯華，就是絕對活不了的第一種人。

而奧斯華也的確活不了——一個叫傑克．魯比的男人在奧斯華被逮捕後的第二天，眾目睽睽下槍殺了他。

傑克．魯比，顯然是老鼠王口中的第二種人。

在這個理論下，第三種人是最神祕的了。

第三種人的存在，是爲了遏止可能使這一套「控制機制」浮出檯面的所有不安因素，爲了湮滅一切，他們得鋪天蓋地地幹壞事，但這些壞事顯然不會被一般人推測到跟「控制機制」有關。

「陰謀論眞的是太迷人了。」張安廷醫生哈哈一笑。

忍不住繼續想下去。

當年在戲院裡射殺林肯總統的凶手約翰．威爾克斯，在得手後還跳到舞台上大叫「這就是暴君的下場！」惹得全場都知道他是凶手。

十二天後，約翰．威爾克斯在逃往南方的途中，被士兵開槍打死。

再比對一次，約翰．威爾克斯就是絕對活不了的第一種人。

而開槍永遠封住他的嘴的士兵，就是第二種人。

那麼，第三種人呢？

「第三種人，是絕對不會存在於歷史的紀錄的。」他裝模作樣地註解。

改天超級無聊的時候，實在應該費點工夫假造一份自己被殺掉的社會新聞，把它黏在報紙上、再用白報紙影印一次，做成有模有樣的假報紙，最後託護士小姐拿給將自己囚禁起來的老鼠王看。

瞧瞧老鼠王預言印證後欣喜若狂的反應，再突然現身嚇他一跳……

哈哈，他笑了起來。

不過，張安廷醫生又想，撇開老鼠王穿鑿附會式的胡說八道，舒可的病若無法從老鼠王那邊得到解答，也該有別的解釋。

為什麼舒可平常接到手機、用手機聊天聊一、兩個小時，不會突然產生夢遊、看沒畫面電視的症狀，但是在睡著時手機鈴響，行爲卻會變得很奇怪？是不是，人在睡夢中的潛意識腦波頻率，更容易遭到手機電磁波的侵擾，才會觸發夢遊等詭異的行爲？

據舒可說，她最近天天都夢遊。是不是意味著，最近每天晚上都有人打手機給她？實驗要有對照組。

如果舒可睡覺時，偷偷把她的手機藏起來、或乾脆睡在一個完全沒有手機的旅館房間，那麼依照推論，舒可就不會夢遊了。

——多試幾天，如果都是如此，就可以斷定舒可的症狀起源自手機。

「那就完全簡單化了。」張安廷醫生精神抖擻，對著落地窗裡的自己說：「爲了舒可的健康著想，從此以後不准再用手機。」

眞想立刻驗證自己的推論。

看了看錶，十點零七分。

「現在時間還不晚，立刻就去舒可家做實驗。」

他當機立斷，按下跑步機的停止鍵。

用掛在脖子上的毛巾抹了抹臉，走進浴室快速沖了一個溫水澡。

彷彿看見了光，心情很愉快。

充滿力道的溫水打在他的臉上，緩和了頭痛，也讓他的思緒更敏銳了。

等等。

有一件事怎麼說也說不通。

爲什麼別人用手機不會出事，但舒可卻會變得怪怪的呢？

是舒可使用量太大？

還是……

突然，張安廷醫生的後腦又抽痛了一下。

對了，我的頭也很痛。

認真比較起新舊兩款手機的電磁波，明明就是舊款的電磁波數值要高。

而新手機，是從舒可那邊買過來的。

「！」

張安廷醫生踩著濕淋淋的腳步跨出浴室，走到客廳桌上拿起那支SONY手機。

凝視著它，心跳得很快。

忍住一股衝動，張安廷醫生回到浴室擦乾身體，抓起鑰匙就下樓出門。

只是個假設！他在心裡喊。

都十點半了，連續跑了三間通訊行都打烊，直到第四間位在學校熱鬧夜市旁的通訊行，才總算讓張安廷醫生買到這支剛出不久的SONY新手機。

他搭計程車回家，衝上樓，迫不及待就將新手機從包裝裡拿出來。

兩支一模一樣的手機放在桌上。

手指非常靈巧的張安廷醫生拿起各種工具，用最有效率的幾個步驟將兩支手機同步拆解，這支手機拆到這裡，那支手機就也拆到這裡。

一環扣著一環，一步接著一步。

兩支手機再也不是手機，而是排列得相當整齊的兩套零件屍體。

「發現你了。」

舒可賣給他的那支手機裡，主機板上，比剛剛買到的新手機裡的主機板上，多了一個綠色的圓形裝置。

圓形裝置大約一塊錢銅板的八分之一，小小的，但放在手指上可以感覺到一股很紮實的觸感。

張安廷醫生全無一絲破解謎底的喜悅。

他的背脊發冷。

不管這個「多出來的小零件」究竟是什麼。

不管。

先不管。

到底是誰千方百計將這種奇怪的小零件，偷偷裝在一個年輕女孩的手機裡？

這個女孩誰都不是，非常的普通。

不過是一個……對任何人都無害的人。

「爲什麼，這個東西會讓我頭痛？讓舒可夢遊？」

張安廷醫生瞇起眼，近距離凝視著指尖上的古怪小零件。

叮咚。

這來得不是時候的門鈴聲，差點將張安廷醫生嚇死。

他將那個古怪小零件小心翼翼放在桌上，走到玄關，將門打開一條縫。

「你是？」張安廷醫生打量著門外的男人。

這……
是什麼？
咔嗒！
叮咚！
你是……！
？
嗒嗒

這胖胖呆呆的男人一手拿著蘋果，一手拿著牛皮紙袋。

有點眼熟啊他。

「我是舒可上班地方的老闆。」那胖男點點頭。

今天晚上開車到舒可上班的通訊行接她一起吃晚飯時，的確在門外見過這個人站在櫃台後。這個胖子當時全副武裝……全身上下都戴著手機的模樣，還讓他大笑了三聲。

「這麼晚了，有什麼事嗎？」

張安廷醫生將門縫又推開了一點點，好讓對方看清楚他的臉。

「我想請你不要再糾纏舒可了。」通訊行老闆嚴肅地說。

在說什麼東西啊？

張安廷醫生有點生氣地打開門。

那一瞬間，他的腦袋裡突然浮現出老鼠王的臉。

「爲什麼這個人會知道你住這裡呢？連舒可也沒來過啊。」

腦海裡虛構出來的老鼠王，露出高深莫測的笑容。

通訊行老闆手中的蘋果落下。

剛剛還拿著蘋果的手伸進牛皮紙袋，拿出讓張安廷醫生一點都不意外的東西。

張安廷醫生只有一句話想說——

「原來，你就是第三種人。」

18

嘟……

放在床頭櫃上的手機震動，有簡訊。

梅芳迷迷糊糊伸手撈了手機一看，竟然又是舒可轉寄過來的厄運連鎖信。

「不是吃了安眠藥了嗎?怎麼這麼晚了還在傳這種東西?」梅芳嫌惡地說。

一股無名火起，梅芳穿上毛茸茸的拖鞋，用興師問罪的氣勢推開門。

只見昏暗的客廳裡，舒可坐在電視機前，手裡拿著手機猛傳簡訊。

所幸這次電視機並沒有出現怪恐怖的黑白馬賽克畫面，而是新聞台裡兩組總統候選人沿街掃票的熱烈場面，車水馬龍的，瓦斯汽笛聲跟鞭炮聲此起彼落。

話說，過了十二點就是總統大選前的最後一天，這兩組一定要當上總統、否則絕對不會快樂的候選人，無不把握最後衝票的機會，親上街頭跟選民搏感情。

「王舒可，妳到底睡不睡覺？」梅芳氣沖沖站在舒可面前。

舒可連看都不看她一眼。

「王舒可，妳不要太超過了！」梅芳一把抓起舒可視之如性命的手機。

「……」

舒可還是頭都不抬一下，拇指卻還在空無一物的食指上按來按去。

這個故意的舉動讓梅芳太生氣了，她幾乎氣得要將舒可的手機摔在地上。

這時，梅芳背後的電視新聞，將她的注意力整個拉走。

「現在記者爲您緊急插播一則報導。」

「半個小時前，位於和平東路一戶電梯公寓裡，有許多住户聽到連續三聲槍響，警方接獲報案後趕到現場，才發現這是一起殺人命案。」

「一名男子涉嫌持槍殺害住在五樓一名單身住户，動機不明，警方已經將涉案的男子逮捕。據了解，遭到殺害的單身住户是一個年約三十歲的男子，現任職於公立醫院擔任精神科醫師的職務，平日與鄰居相當友好。男子身中三槍，當場不治死亡，鄰居紛紛表示難以置信，都說醫師作息正常，並沒有聽他說過跟誰結怨。」

「究竟這位醫師與開槍殺人的男子有何過節，警方表示，還要深入調查。」

梅芳瞪大眼睛。

新聞畫面中遭到逮捕的開槍男子，依稀就是舒可上班的通訊行老闆。

「舒可，妳看！那是不是權老大？」梅芳詫異不已。

舒可沒反應。

梅芳回頭一看，這才發現舒可面無表情，早陷入了夢遊狀態。

「原來是這樣。」梅芳皺眉。

此時，梅芳手裡的手機震動起來，「槍與玫瑰」的咆哮聲鈴響。

突如其來的震動觸感嚇了梅芳一跳，一看螢幕顯示。

不明的來電者。

好吵，梅芳反射性地將手機按掉，反正很晚了。

沒想到一按掉，不到三秒，手機又震動起來，梅芳又立刻按掉。

又震動，梅芳又閃電按掉。

「沒禮貌。」梅芳嘀咕。

這一按掉，從舒可的房間裡居然衝出一大堆震動聲跟各式各樣的手機鈴聲！

梅芳嚇得大叫一聲，手上的手機脫手摔落。

不用想也知道，是那一大袋舒可用過的手機同時鈴響。

有周杰倫的「雙截棍」，蔡依林的「看我七十二變」，SHE的「十面埋伏」，蔡琴的「被遺忘的時光」，梁靜茹的「勇氣」，阿杜的「他一定很愛妳」，FIR的「我們的愛」……十幾首流行歌曲一下子暴衝出來。

梅芳聽見那一大串混雜吵鬧的鈴聲，有說不出的害怕。

啪！

電視新聞台突然切換到沒有訊號的怪頻道，又是沙沙沙沙沙沙……

黑白馬賽克的無畫面。

「舒可！」

梅芳大叫，身體因過度恐懼像觸電般跳了起來，全身都麻了起來。

魚缸裡的小魚瞬間焦躁地迴旋快游，忽地跳出了水面，摔到魚缸外。

微波爐莫名其妙自己啓動，鵝黃色的燈亮，發出嗡嗡嗡的運轉聲。

舒可依舊是面無表情，目不轉睛看著電視裡的無畫面。

「舒可，妳快醒來，我很害怕！」

這一切太恐怖，梅芳顧不了夢遊的禁忌，用力搖晃舒可。

只見舒可默默拿起客廳裡的從沒響過的室內電話，放在耳朵旁。

舒可不住地點頭，點頭，點頭。

那模樣看得舒可心裡直發毛。

一直緊抓著舒可肩膀的梅芳發狂地奪下舒可手中的電話，搶過來聽。

電話那頭充滿了咿咿啞啞無意義、不成語言系統的怪聲。

梅芳歇斯底里大叫一聲，用力將室內電話掛掉，一把將電話線扯下。

舒可推開梅芳，自己站了起來。

電視畫面消失，變成一片黑。

沒禮貌！
Bi
噗通
舒可！

舒可！妳快醒來！我很害怕！

屋子裡各式各樣的、混亂至極的手機鈴聲同時啞了。

「……」梅芳呆呆地看著舒可，看著她慢慢走回自己的房間。

半分鐘後，舒可走出房間時已經穿好外套，手裡拿著那一大袋手機裡的其中一支。

「妳要去哪裡？舒可，拜託妳醒醒好不好？」

梅芳眼睜睜看著舒可穿鞋，卻不知怎地不敢阻止她。

舒可打開門，頭也不回地走下樓。

怎麼辦？

怎麼辦？

雖然不明白，完全不能理解，但絕對不能放著她不管！

梅芳別無選擇，只能迅速地穿好鞋，隨便套上一件外套衝下樓。

街上舒可慢慢行走的背影還沒遠去，梅芳充滿恐懼地在後面跟著。

19

再過幾分鐘，天就要亮了。

這個時候最冷了，梅芳挨坐在舒可旁邊哆嗦著。

她跟著無意識的舒可坐在這個公車站牌下的長椅，已經過了兩個多小時。

這個巨大的城市在即將天亮的時分，呈現巨大的蒼茫空曠感。

推著拾荒車的老人慢慢在路邊蝸步著。

有氣無力的計程車寂寞地找不存在的客人。

睡在百貨公司騎樓下的流浪漢。

放肆在大馬路中間啄啄停停的小麻雀。

這段期間梅芳不斷撥打張安廷醫生的手機，想找人商量，卻都無人接聽。

梅芳想起剛剛發生的那一則緊急插播的社會新聞，記者依稀提到被凶嫌殺死的被害者是一個精神科醫生，依稀的意思就是聽不清楚，可能是也可能不是。

她覺得很不安，卻也只能偏執地繼續按下通話鍵。

舒可的眼睛一直看著前

方，身體也維持著一動也不動的淑女坐姿。

舒可不曉得要去哪裡，不知道在等誰，梅芳唯一可以把事情弄清楚的方法，就是自己坐在這裡一起等，等看看會有什麼事發生，會有誰出現。

「……」梅芳朝著冰冷的手掌吐氣，熱熱快僵掉了的手指。

黑壓壓的天空微微裂開了一條細縫。

一輛公車遠遠駛了過來，車頭燈一閃一閃的。

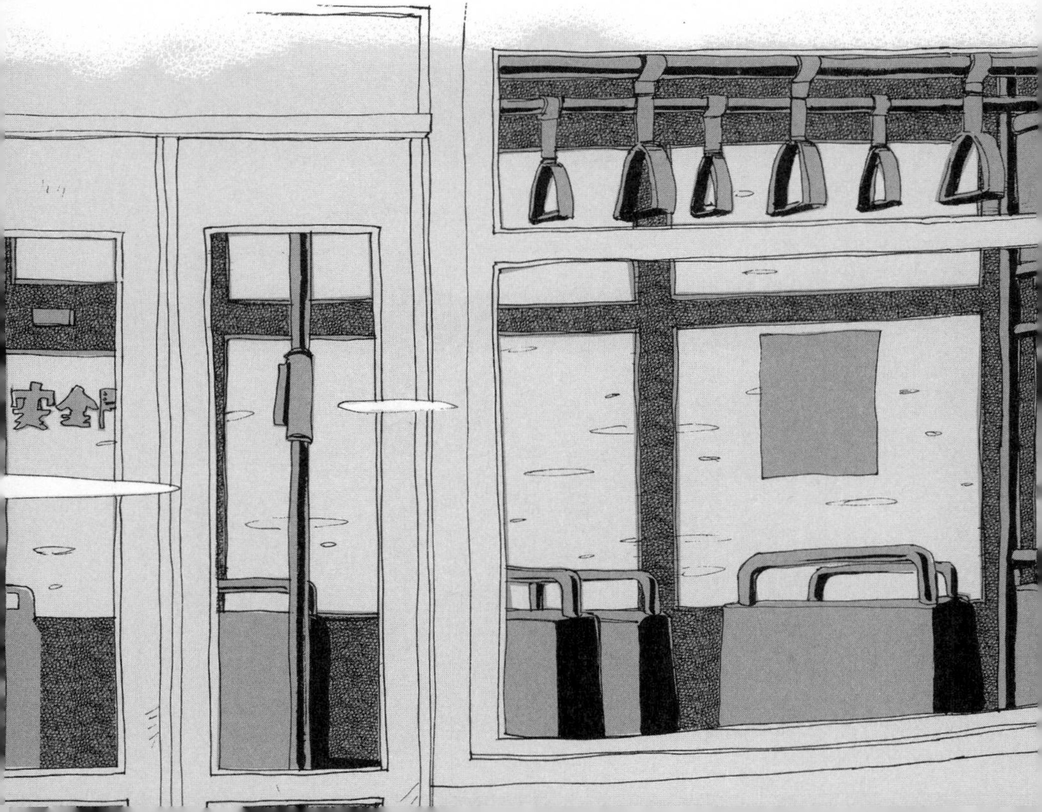

梅芳直覺就是。

那沒有顯示數字的公車果然停在兩人面前，車門喀啦喀啦打開。

舒可站了起來，一言不發踏上公車。

公車上的司機不說話，也不收錢。

他就單單拿了一顆蘋果，一只牛皮紙袋給舒可。

舒可默默接過，坐在車後段靠窗的位置。

梅芳也跟著走上車，公車司

機卻連看也不看她一眼，也沒給她任何東西。

梅芳緊張地選了舒可後面的位子，左顧右盼，看前看後的。

除了梅芳與舒可外，這車子沒有其他乘客。

喀啦喀啦……車門關了。

車子卻沒開。

公車司機起身，直直走到梅芳身旁。

「做什麼？」梅芳故作鎮定。

公車司機輕輕捧住梅芳

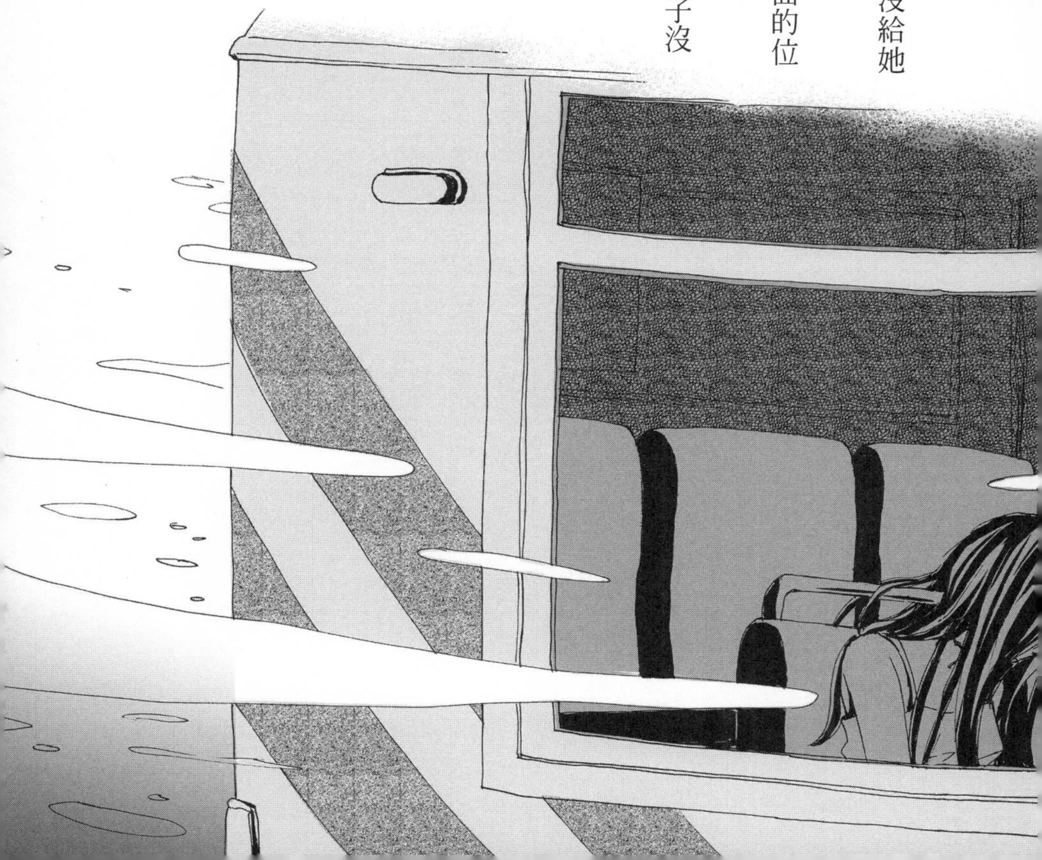

的頭，猛力一拽。

舒可只是看著窗外。

公車司機回到座位，往前推下排檔，踩下油門。

往南。

老舊的車身顛顛簸簸。

梅芳的視線始終維持在前面座位上，學生用立可白的亂塗鴉。

沒有一秒闔上眼睛，她異常專注地凝視著那一行幹你娘活該的字眼。

舒可只是看著窗外。

一手拿著蘋果，一手拿著牛皮紙袋……

End.

對不起，我還是偷偷寫了都市恐怖病

九把刀

距離上一次寫都市恐怖病系列，已經是六年前的事了。

距離上一次認眞寫序，也是差不多的時間（謎）。

曾出版蔡智恆《第一次的親密接觸》的紅色出版社，總編輯葉姿麟認爲，很多台灣年輕作家寫的第一個故事，幾乎都取材自親身經驗，而主角的性格也幾乎就是作家本人，這個現象在網路小說這塊領域尤其明顯。

這個說法放在我身上，對也不對。

我第一個故事，是都市恐怖病之〈語言〉，後來出版時改名爲《恐懼炸彈》，是一個亂七八糟的科幻小說，我本人當然沒有存在在那種雞巴的世界設定裡，但我也的確用了我熟悉的交大校園、交大男八舍、前女友、室友等等。而語言的主角柯宇恆，唸快一點就跟我的本名柯景騰很像，而我們思考事情的方式如出一轍，對拯救世界也懷抱相當份量的熱情（屁咧！）。

長篇小說〈語言〉結束之後，緊接著是一連串的奇幻驚悚短篇，先是〈陰莖〉跟〈影子〉，這兩個故事發生的時間重複，算是雙生小說。

再來是很詭異的《冰箱》，《冰箱》後來出版時反而搭配了〈陰莖〉（冰箱打開，裡面有一條陰莖的意思，好詩!好詩！），所以如果你看完了〈影子〉這個故事有點困惑的話，就請你再到書店打包一本《冰箱》回家吧。

然後，是絕頂好看的都市恐怖病熱血三部曲，《異夢》、《功夫》、《狼嚎》，從此我最鮮明也最擅長的風格便出現了，早期大多數讀者對我的認識也是從這熱血三部曲開始——我很榮幸是這樣而被認識。

早期的作品可以看出一個作家的輪廓，我想此話不差。

回想八年前、七年前，那個時候台灣的網路小說放眼望去全部都是愛情、愛情、愛情，大家都賣得呱呱叫，只要是紅色或商周出版的網路愛情小說隨便一本都馬很暢銷。而我獨自在這一塊沒有愛情的區域裡亂寫一堆殺來殺去胡說八道的東西，幹就賣很爛啊！講好聽一點是「藍海策略」，講白一點就是「去你的大藍趴啦」。

沒辦法暢銷，就只好往暢秋的路線昂首闊步。

都市恐怖病系列這麼厲害的小說後來沒能繼續寫下去，主要是實體書出版節奏緩慢，爲什麼實體書的出版節奏緩慢？唉就是你們這些願意買書打我的頭的讀者遲遲都沒有出現啊！

爲什麼現在才出現！

爲什麼現在才出現！

爲什麼現在才出現！

後來我陸續寫了其他的故事，也寫了對我意義重大的《獵命師傳奇》。

《獵命師傳奇》是「接續性很強的連載小說」，一集接著一集。

都市恐怖病則是系列小說，每一個故事都可以拆開來獨立看沒有妨礙。

所以在《獵命師傳奇》出版後，在蓋亞出版社我便以《獵命師》爲主要的氣力，而都市恐怖病，我想，那就等《獵命師傳奇》寫完再來寫吧，反正都市恐怖病的「閱讀方法」比較不受時間限制，大家多年以後再來欣賞Dr. Hydra的風采也不遲。

但《獵命師傳奇》總不能一年寫一本吧？！給誰看啊！

只是，都市恐怖病系列的魅力太大，吸引讀者三不五時就寫信幹剿我：「九烎老師咧，幹嘛不繼續寫都恐啊！你眞的很機歪耶！」

這些批評與指教靠咧我都充耳不聞，因爲我管你的。

但後來有讀者開始罵我：「九把刀，你眞的很富姦耶！」

……這我就無法忍受了。

認眞說起來，怎麼可能只有讀者對「都恐」感興趣，原作者麻木不仁呢？

所以我藉著「殺手系列」偷偷寫「蟬堡」（如果說，都市恐怖病系列是九個英雄降臨的光明故事，那麼，「蟬堡系列」就是Dr. Hydra九個惡魔人格誕生的黑暗故事），當作定時定額的小說定存。

未來「蟬堡」應該會跟著都恐的新進度搭配著出來，吧。

這次重新出版故事〈影子〉，我藉著校稿再看了一次，明顯感覺到這八年來不是白混的，以現在自己的狀態重寫一次〈影子〉，故事一定更好看。但我沒那麼無聊嘛，保持故事當初的原貌才能抓出我漸漸成長的軌跡，這樣很好，所以我只是修改了一下幾個很糟糕的語順問題，免得我想殺人。

按照都恐「後序」一貫的寫法，認眞交代一下創作的前因後果。

〈影子〉的構想早於〈語言〉。

在交大唸書的時候，有一天我在上課的時候寫信給前女友抱怨我度爛的心情。我在信紙上畫了一個人在路燈下走路，他的影子拖得長長的，看起來很孤單。我接著寫道：「我的心情很差，影子很重很重，後來就黏在地上了……我眞想就這麼飛了起來。」類似的話。

於是就在心中留下了「影子是人類跟這個世界的強力接著劑」的奇想。

主角廖該邊是我好朋友的綽號，不過我講這個幹嘛啊？

〈大哥大〉這個故事，充滿了我異常熱衷的「陰謀論」題材。

最初的概念是「老鼠王」這個神經兮兮的角色，一個被國家徹底利用、消耗殆盡的普通人，為了想寫這樣精彩又曲折的爛咖，我便開始研究幾個動搖國本也得查出眞相的「懸案」，並將不可解的部分，若有似無連結每個人日常生活裡的重要元素「手機」。

後來這個故事我寫過一次大綱要給電影公司拍，但電影公司不鳥我。

不鳥我就算了，畢竟不鳥我這種事常常都在發生，有句話：「天才是孤獨的」，所以經常有人不吝施捨我「你是天才」的感覺。但我怕故事在投稿的過程中外洩，於是寫了一個兩千字的極短去勢版，投稿給當時還沒倒掉的「星報」發表，算是確認了創意。

由於喬治．歐威爾寫了一本經典的科幻小說《一九八四》，裡面稱呼政府為「老大哥」，從此許多創作者常管政府叫「無所不在的老大哥」，有一些句子如「老大哥在看你」，就是「政府在監視你」的意思。

在台灣，手機又叫大哥大，大哥大某種程度有凌駕在一般人之上的意思，在我看來，用來影射政府也不奇怪。整篇故事就這麼自然而然誕生了。

我喜歡〈大哥大〉故事的結尾，那種看起來模模糊糊的迷亂感。

老鼠王當然還會出現，畢竟他媽的他逃出精神病院了嘛！要知道，在都恐系列裡，腦袋裡面裝大便的人，可都是前途無量的頂級笨蛋啊！

不過〈大哥大〉這個故事不熱血，還眞是不好意思啊。（……眞的有在反省嗎？）

都市恐怖病是我的起點，是我的黃金梅利號。

我的船很大，容得下我的熱情跟抱負。

現在風又吹過來了，快生鏽的錨也該拔起來了，帆也該張了。

位子還有一些。

那麼——

「想上我的船嗎？」

國家圖書館出版品預行編目資料

大哥大／ 九把刀著. --二版.--台北市：蓋亞文化，2014.08 印刷
面；公分. -- (都市恐怖病 ;2)(九把刀．小說 ; GS007)
全新插畫版
ISBN 978-986-319-069-1 (平裝)

857.83 102019095

九把刀．小說 GS007

大哥大 CITYFEAR 2 全新插畫版

作者／九把刀（Giddens）
內頁插畫／Sally 封面插畫／Blaze Wu
封面設計／克里斯
出版／蓋亞文化有限公司
地址◎台北市 103 赤峰街 41 巷 7 號 1 樓
電話◎（02）255854382 傳真◎（02）25585439
部落格◎ gaeabooks.pixnet.net/blog
服務信箱◎ gaea@gaeabooks.com.tw
投稿信箱◎ editor@gaeabooks.com.tw
郵撥帳號◎ 19769541 戶名：蓋亞文化有限公司
法律顧問／義正國際法律事務所
總經銷／聯合發行股份有限公司
地址◎新北市新店區寶橋路二三五巷六弄六號二樓
電話◎（02）29178022 傳真◎（02）29156275
港澳地區／一代匯集
電話◎（852）27838102 傳真◎（852）23960050
地址◎九龍旺角塘尾道64號龍駒企業大廈10樓B&D室
二版一刷／2014年08月
定價／新台幣 240 元
Printed in Taiwan

ISBN／978-986-319-069-1

GAEA

GAEA